JN050262

安藤　宏

# 日本近代小説史

## 新装版

中公選書

# 日本近代小説史——目次

序 11

Ⅰ 文明開化と「文学」の変容

1 啓蒙論説と戯作の動向 15
2 翻訳小説と政治小説 21
3 「小説」とノベル 29
4 二葉亭四迷の苦闘 32

Ⅱ 明治中期の小説文体

1 言文一致の挫折と森鷗外の登場 38
2 硯友社と紅露時代 42

3 雑誌「文学界」と樋口一葉の時代 49
4 泉鏡花と国木田独歩 54

## Ⅲ 自然主義文学と漱石・鷗外

1 『破戒』と『蒲団』 64
2 芸術と実生活 71
3 自然主義と写生文の動向 74
4 漱石と鷗外 79

## Ⅳ 大正文壇の成立

1 耽美派の誕生 88
2 白樺派の作家たち 95
3 「新思潮」と大正期教養主義 102

## V マルキシズムとモダニズム

1 「心境小説」の成立 113
2 プロレタリア文学の隆盛 116
3 新感覚派と横光・川端 122
4 モダニズム文学の系譜 127

## VI 第二次世界大戦と文学

1 「大衆文学」の成立 137
2 文芸復興の時代 141
3 「転向文学」の時代 149
4 戦時下の小説 156

## Ⅶ 戦後文学の展開

1 「新日本文学」と「近代文学」 164
2 「無頼派」の作家たち 169
3 戦後派の実質 174
4 戦争体験の落差 179
5 開高健と大江健三郎 186

## Ⅷ 高度経済成長期とポスト・モダン

1 『太陽の季節』と社会派推理小説 190
2 既成文学の水脈 194
3 戦争の記憶と知性派の活動 196
4 政治の季節と内向の世代 198
5 女性の主体性 201

6 近代小説と映像文化 205
7 「日本」という概念 208
8 原理原則の脱構築とポスト・モダン 212

付 「近代日本文学」の成り立ち

1 概念自体のあやうさ 219
2 「文壇」の虚構性 223
3 出版機構による補強 230
4 「研究」という枠組み 234

あとがき 237

参考文献 241
西暦和暦対照表 244
索引 251

# 日本近代小説史

# 序

本書は明治以降の近代小説の歴史を、コンパクトにわかりやすく叙述した概説書である。この種の書はともすれば平板な固有名詞の羅列に陥りがちなので、著名な作品の本文をできるだけ引用し、また、何が問題だったのか、という課題を節ごとに明示した上で、何よりも読み物として通読できることを心がけてみた。また、主要な小説は傍注に簡略な紹介を付したので、読書のガイドとしても活用して頂けるのではないかと思う。

本書のもとになったのは放送大学のテキスト（野山嘉正、安藤宏共編『近代の日本文学』二〇〇一年、放送大学教育振興会、同改訂版、二〇〇五年）で、オーソドックスに基本事項を、という方針のもと、八年間にわたり、視聴者から広範な支持を頂き、授業としての使命を全うした実績を持っている。その後、概説書としてなお十分に活用できるのではないか、というおすすめもあり、全十五章の内、安藤の担当した小説史の部分のみを切り離して編みなおすことになったのである。これを機に内容を大幅に見直すと共に、あらたに書き下ろしの章を付して昭和五〇年代前半まで範囲を広げた。また関連する図版を入れ、より親しみやすいものに工夫してみたつもりである。

ただし近代文学の総体を「小説」のみに特化したものであることは、あらかじめお断りしておかなければならない。刊行を快くご許可下さった、放送大学版の執筆者、野山嘉正、林廣親両先生にあらためて御礼申し上げたいと思う。

近代小説はきわめてポピュラーな領域であり、概説書はいくらでもあるように思えるのだけれども、ふと気がつくと、かつて定番と目されていたものの多くはすでに記述が古くなり、あるいはまた絶版になってしまっていることに気がついた。この間、これに代わる入門書がほとんど世に出ていないことに思い至り、あらためて驚かされたのである。理由はさまざまだろうが、おそらく昨今、「文学」に特化した企画がはやらず、大学の文学部の改組の動きに象徴されるように、これを広く文化全般の中で考えていく動きが一般化していることと無縁ではないのだろう。むろん、それ自体はけっこうなことではあるのだけれども、結果的に自国のこの一〇〇年の「小説」の歴史を具体的にわかりやすく解説してくれる書物が姿を消してしまっているのだとしたら、それははなはだ残念であり、また心細いことではある。

一方でまた、近代小説の歴史はすでにそれ自体が膨大な文化遺産になっており、これをコンパクトに、学問上の正確さも考慮に入れつつバランスよくまとめることがきわめてむずかしくなって来ているのも事実である。専門家による分担執筆、というスタイルもかつてよくあったが、おそらく本書の特徴は、わがままをおそれず、あえて一人の人間の見取り図のもとに通史として書き下ろされている点にあるのだろう。

「文学史」という言葉から年表に集約されるような事実の集積を連想される向きもあるかもしれないが、おそらくそれはまちがっている。ある小説に感動した時、そのような表現が一体どうして可能だったのだろうか、といった疑問を持った瞬間に、われわれはすでに他の作品との生きた応答関係――文学の豊穣な歴史――に足を踏み入れてしまっているのである。その意味でも「文学史」は常に部分の中の全体であり、全体の中の部分である。げんに今読みかけている個々の小説、個々の表現のうちにも内在し、生き生きと躍動しているトータルな概念なのだといってよいだろう。

本書を片手に近代の名作を読みすすめてみることによって、これまで個別の「点」であった事実が「線」になり、さらには「面」になって魅力的な相貌をわれわれに開示してくれることを切に祈る次第である。

# I 文明開化と「文学」の変容

今日われわれの考える近代小説の概念は、坪内逍遙が『小説神髄』（明治一八～一九年〈一八八五～八六〉）の中で西洋のノベル novel の訳語として用いて以来、一般化したといわれている。もっとも「小説」ということば自体は中国の白話小説（宋代以降の口語体小説の総称）伝来以来の歴史があり、本来そこには「正史」に対する「稗史小説（はいし）*」として、いわばとるに足らぬもの、俗なもの、というニュアンスが含まれていた。近世の戯作者たちはこの語をもって自らを卑下しつつ、同時にそこには正史では表現できぬ世界をめざすのだという、逆説的な自負が込められてきたのである。近代以降の「小説」の概念は、それまでの人情本、滑稽本等の戯作に、啓蒙的な政治小説、さらには西洋の翻訳小説などの要素がさまざまに交錯するなかで次第に固まっていった。その混沌とした生成過程から、われわれは今日失われたさまざまな可能性をすくい取ることができるにちがいない。

## 1 啓蒙論説と戯作の動向

明治以降の文学の大きな特色の一つが、それまでの伝統文化と、開国に伴う西洋文明との摩擦・軋轢にあることはあらためていうまでもない。文明開化を動かしたのは、まず何よりも近代科学に裏打ちされた圧倒的な物質文明の力であり、歴史が時代と共に進歩することを疑わぬ、徹底した功利主義であった。

明治の初頭、新文明の移入に決定的な役割を果たしたのが福沢諭吉(ゆきち)、加藤弘之、西周(にしあまね)らをはじめとする明六社*の啓蒙思想家たちである。もともと「文学」の語には学芸の諸領域にまたがる広義の意味があり、当時の基準でいえば彼らの活動もまた「文学」にほかならなかった。彼らの教養の基底にあったのは漢学、儒学であり、「社会」や「自由」といった和製漢語に象徴されるように、舶来の思想を漢語に置き換え、読み替えていく形で次々に西洋文明が〝翻訳〟され、日本語のうちに取り込まれていったのである。福沢諭吉の『学問のすゝめ』(明治四〜九年)を紐解(ひもと)

---

稗史：「稗」は穀物のひえ。正史に対し、民間の雑多な記録のこと。

明六社：明治六年に結成された、開明派洋学者たちの文化団体。機関誌「明六雑誌」などを通して啓蒙活動を展開した。

『牛店雑談 安愚楽鍋』(明4〜5、誠之堂)

くと、「天は人の上に人を創らず〜」という冒頭からわずか数頁先には、三十一文字（和歌）を学ぶ暇があったら糠袋の縫い方を学べ、という一節が記されている。近代合理主義精神の移入に果たした彼らの役割は大きいが、その思想の根幹をなすのはこうした徹底した実用主義（プラグマティズム）なのであった。だが、物質面の進歩と同じ速度で人間の精神が〝進歩〟することはあり得ない。以後の「小説」の歴史は、啓蒙論説時代の学際性を次第に失い、「文学」が次第に芸術の一ジャンルに限定されていくなかで、功利主義へのアンチテーゼとしての役割を自ら再発見していくプロセスであったとも考えることができよう。

　こうしたいわば「上から」の啓蒙に対し、一方では戯作や狂歌などを中心に、庶民の中では「無用の用」たるべき反功利主義的な文学観が脈々と流れ続けていた。たとえば『東海道中膝栗毛』などの江戸後期の戯作が、明治二〇年代に至るまで貸本屋を中心に広く一般庶民に読まれていたことを看過してはならぬだろう。もっとも時代が変われば当然その内容も変化していくわけで、明治の初頭、東京を中心とする文明開化の世相を面白おかしく「際物」に仕立てていったのが仮名垣魯文であった。彼のかつての出世作には晩年の滝沢馬琴の推薦文が付されており、馬琴の死去したのが維新の二〇年前であったことを想起すれば、江戸から明治への橋渡しとして、戯作の果たした重要な役割をうかがい知ることができるにちがいない。

魯文の代表作としては、『万国航海西洋道中膝栗毛』（明治三〜九年）と『牛店雑談安愚楽鍋』（明治四年）の二作をあげることができる。『西洋道中膝栗毛』はその名の通り十返舎一九の『東海道中膝栗毛』のパロディで、弥次郎兵衛と喜多八（かつての主人公たちの孫）が、明治の世に、イギリスの博覧会の見物に出かけ、途中でさまざまな失敗を披露するという筋立てである。西洋についてかなり細かい叙述があるが、むろん、魯文自身には洋行の経験はない。彼は福沢諭吉の『西洋事情』（慶応二〜明治三年）等をタネ本に用いており、『西洋旅案内』をもとに変更を加えたのだ、という舞台裏の解説までもが作中の随所に挿入されている。いわば一種確信犯的なパロディの精神とでもいうべきものがそこにはあるわけで、第三編の自序にいう、「戯作と傾城は。虚誕が

＊傾城：遊女。

一書生入學校頗通英語一夕飲柳光亭上與妓言
半用英語妓曰郎君獨識英語奴輩不解是甚無趣
願教奴以英語書生意甚得曰卿才子卿才子若學
之數月必為大家僕於英語無所不通不知卿欲所
學何先妓曰儕輩相呼用常語似無風致願郎君先
教以奴輩之名書生曰妙々妓問阿竹曰蠻蒲問阿
梅曰吹啉問阿鳥曰弗得問阿蝶曰洒字應答加響
妓又問美佐吉書生俯首百考不得又問阿茶羅書
生益困拭汗於其額曰今者僕不携辭書近日將懐
英語箋一部来以答卿等百般之問

『柳橋新誌』第二編（明7・2、奎章閣）、本文引用部分

誠実（まこと）で。真面目（まこと）が妄語（うそ）なり」ということばは、戯作本来の持ち味を存分に示す一節といえよう。「虚（*きょ）実皮膜（じつひまく）」（近松門左衛門）という概念があるが、事実と虚構のあわいをわたり歩き、「つくりごと」それ自体の面白さに遊ぶところに、「虚」を嫌い、「真面目」な写実主義に走っていく、その後の近代文学の失った可能性を指摘することができるのである。

　戯作のもう一つの特色は諷刺にあった。たとえば『安愚楽鍋』の冒頭には、「シャボン」を朝夕使い、右肩へなでつけた長髪に「オーテコロリといふ香水」を匂わせ、「金のてんぷら（メッキ）」の袖時計を周囲に見せつけるため、始終はずして見るふりをしている中年男の風情が生き生きと描き出されている。「安愚楽鍋」とは当時流行した牛鍋屋のことで、「東京」を徘徊していた西洋かぶれの人間——皮相な開化——に対する批判を毒として含んでいたのである。次にあげる『柳橋（*りゅうきょう）新誌』第二編（明治七

年）の作者成島柳北は、旧幕府の外国奉行の要職までつとめた人物だが、維新後は野に下って「朝野新聞」を主催し、薩長政府批判の論陣を張った。『柳橋新誌』は藩閥政府と浮薄な開化に対する痛烈な諷刺として名高い漢文戯作であり、左は*柳橋の地で「英語通」を鼻にかけ、芸妓らの名を英語に翻訳してみせる書生の挿話である。

妓、*阿竹ヲ問フ。曰ク蛮蒲。阿梅ヲ問フ。曰ク吥啉。阿鳥ヲ問フ。曰ク、弗得。阿蝶ヲ問フ。曰ク、洒孛ト。応答、響キノ如シ。妓又美佐吉ヲ問フ。書生首ヲ俯シテ百考、得ズ。又阿茶羅ヲ問フ。書生益々困ズ。汗ヲ其ノ額ニ拭ウテ曰ク、「今者、僕辞書ヲ携ヘズ。近日将ニ*英語箋一部ヲ懐ニシ来タリテ、以テ*卿等百般ノ問ニ答ヘントス」ト。

---

虚実皮膜：近松の『難波みやげ』の中のことば。芸の真実は事実と虚構の皮膜、つまり境にある、ということ。

『柳橋新誌』：第一編は安政六年脱稿。第三編は明治九年に執筆されたが刊行差し止めとなった。第二編が名高い。

柳橋の地：神田川が隅田川に合流する手前の地域。天保の改革で衰退した深川にかわり、花街として大いに賑わった。

阿竹ヲ問フ：阿竹という名は英語で何というのかを質問した。

英語箋：当時よく売れた英和辞書の名。

卿等：あなたたち。

だが、こうした諷刺性を維持することは、当時の戯作にとってなかなか困難な事態であった。明治五年、政府は学問芸術を国体宣揚の手段とすることを意図した「三条の教憲」（明治五年）を発令する。魯文たちはこれにたちまち応じる形で『著作道書上げ』（同）という声明を出し、「不識者」を導く戯作を書く決意を表明するのである。こうした啓蒙宣言が戯作本来の面目にとって、ほとんど自殺に等しい行為であったことは明らかであろう。以後しばらく新作戯作は衰退し、沈滞期を迎えるのである。

戯作が再び息を吹き返すのは明治一〇年代になってからで、そこには出版メディアの大きな変化が与っていた。一つには主に知識人を対象にしていた和漢混淆（こんこう）文の「大（おお）新聞」に対して、庶民向けに言文一致に近い文体で、挿し絵などを豊富に使った「小（こ）新聞」が急速に普及したことがあげられる。明治七年創刊の「読売新聞」、一二年創刊の「朝日新聞」はいずれも後者の走りなのだが、この他にも「仮名読新聞」（明治八年創刊）の主筆が仮名垣魯文、「平仮名絵入新聞」（同）の主筆が高畠藍泉（たかばたけらんせん）（三世柳亭種彦）であったことからもわかるように、「小新聞」の担い手の多くは戯作者たちであり、雑報欄ゴシップが連載化した「つづきもの」を舞台に、現実の事件に取材しつつも多分に脚色を加えた新作戯作が流行し始めるのである。特に人気のあったのは西郷隆盛*を伝説化した「西南戦争もの」と、悪女を描いた「毒婦もの」とであった。後者として著名な作品に、岡本起泉『夜嵐阿衣花廼仇夢（よあらしおきぬはなのあだゆめ）』（明治一一年）、魯文『高橋阿伝夜叉譚（たかはしおでんやしゃものがたり）』（明治一二年）

などがあるが、これらはいずれも、明治九年に高橋お伝という女性が金を貢がせたあと男を殺害した、実在の事件がもとになっている。

メディアの問題に話を戻すと、小新聞の普及に平行して看過できないのが、木版和装本から西洋活字による洋装本への変化が明治一〇年代に一気に進んだ事実であろう。これによって出版部数は飛躍的に向上し、新作の戯作と共に、『八犬伝』など馬琴を中心とする読本の翻刻がさかんに行われることになる。出版形態の変化に合わせて戯作の内容や文体の「近代化」も焦眉の急となるわけで、こうした背景を抜きに坪内逍遙の「改良」の試みを考えることはできないのである。

## 2 翻訳小説と政治小説

実学尊重の気風から、明六社の同人たちは一体に文学作品の翻訳には冷淡であったが、明治も一〇年代になると、西洋小説の翻訳が目立って増え始め、多くの読者を獲得することになる。これらは大きく、空想科学小説（SF）と、当時「西洋人情小説」と称された恋愛小説とに分けることができよう。

西郷隆盛を伝説化：西郷は生きている、という庶民の願望から、フィリピンやロシアで活躍するなどの英雄伝説が生み出された。

『新説八十日間世界一周』
（明11～13、丸屋善七）

SFで最も広く読まれたのは*ジュール・ヴェルヌの作品で、川島忠之助（ちゅうのすけ）訳『新説八十日間世界一周』（明治一一～一三年）、井上勤（つとむ）訳『九十七時二十分間月世界旅行』（明治一三～一四年）などが多くの読者を獲得した。文明開化の世相にあって、どこまでも進歩していく近代科学への庶民の素朴な夢が、その背景をなしていたわけである。

人情小説の中で最も広く読まれたのは、イギリスの小説家、*リットン卿の作品を丹羽純一郎が訳した『欧州奇事花柳春話（かりゅうしゅんわ）』（明治一一～一二年）であった。ヒーローのマルツラバースがヒロインのエリスに別れ話を持ち出し、エリスが意識を失う場面を左に挙げてみることにしよう。

マルツラバース忙ハシク起テアリスノ側（かたわ）ラニ疾走シ之ヲ抱エテ呼ヒ回（か）ヘスコト数声、且ツ謂（い）ツテ曰ク、余（よ）復（ま）タ離別ノ事ヲ言ハズト。右手ニアリスノ左手ヲ執（と）リ、左腕ニ其頭（こうべ）ヲ抱キ冷水ヲ口ニ含ンデ朱唇ニ瀝（そそ）ギ去ル。此時アリス漸クニシテ眼ヲ開キ*繊手（せんしゅ）ヲ伸バシテマルツラバースノ*頸辺（けいへん）ヲ抱擁シ瞳（どう）ヲ正フシテ顔ヲ見ル。マルツラバース*密語シテ曰ク余実ニ卿ニ恋着ス、*焉（いず）クンゾ離去スルヲ得ンヤ。

ここでも漢文訓読体のかもし出す一種独特の効果に着目しておきたい。恋を描く際には人情本の文体があったはずだが、欧州の上流社会の恋愛を描くにあたって戯作の文体は採用されず、格調と異国情緒を演出するために、あえて漢文訓読体が選ばれることになったのである。参考までに付け加えておけば、西洋文化の移入に際して漢語・漢文脈の果たした役割は大きく、それらは伝統文化と「西洋」との媒介項として、明治になって新たな役割を担い始めることになる。たとえばこの頃洋行した森鷗外の『独逸(ドイツ)日記』からは、異国の目新しい風物を必死に漢字に置き換え、自身に納得させようとしている一人の知識人の姿を読みとることができる。事態は一般庶民にとっても同様で、半ば親しく、半ば違和感のあった漢文訓読体は、異国の生活習慣を表現する上で恰好の役割を果たしたのである。

ちなみに『花柳春話』は『マルツラバース』と『エリス』という、同一作者の二作品を勝手に

---

ジュール・ヴェルヌ：Jules Verne（一八二八～一九〇五）　フランスのSF作家。
リットン卿：Edward George Bulwer Lytton（一八〇三～七三）　男爵の爵位を持つ。政治家としても知られた。
纖手：細く美しい手。
頸辺：首のあたり。
密語シテ：ささやいて。
焉クンゾ～ヤ：どうして～できるだろうか。

『通俗 花柳春話』初編（明16、坂上半七）、本文引用の場面

合体させたものなのだが、当時としてはこうした翻訳はごく当たり前であった。いわば意訳、ダイジェストが横行していたのだが、これらを称して「豪傑訳」ともいわれている。*シェークスピア『ベニスの商人』の翻訳である『人肉質入裁判』（井上勤訳、明治一六年）、*『アラビアン・ナイト』の翻訳である『暴夜物語』（明治八年）などはいずれもその例で、『岩窟王（がんくつおう）』*（デュマ、「モンテ・クリスト伯」）などのように、今日に至るまで題名に痕跡をとどめている例もある。「豪傑訳」は不正確であるがゆえに、比較してみると文化的なコンテクストの相違が表れていて興味深い。どのような読み違いがあるのか、また、あえて翻訳されなかった部分はどこなのか、などの点に注目してみると、宗教上のバックグラウンドや個人主義思想と*経国済民思想とのギャップなど、さまざまな文化的背景が

浮び上がってくるのである。こうした断絶を埋めるために日本語自体を変えていこうとする動きも起こってくるわけで、時制にせよ人称にせよ、今日的な「小説」の構成や文体は、多分にこの時期の翻訳文体の影響を色濃く引きずっている点に注意が必要だろう。ちなみに正確な逐語訳が一般化するのは、明治二〇年代の森田思軒*(しけん)の登場まで待たなければならないのだが、それは言文一致の実験が展開され、次第に「近代小説」の文体が固まっていく状況にも呼応していた。

政治小説は自由民権運動を背景に、庶民に民権思想を浸透させることを目的に、当の運動家たち自身の手によって書かれた小説である。もっともそれらが流行した明治一〇年代の後半から二〇年代前半は、明治一四年の「国会開設の詔」を受け、すでに運動は実質的な解体期に入っていた。たとえば宮崎夢柳の『虚無党実伝記鬼啾啾(きしゅうしゅう)』(明治一七〜一八年)は、ロシア皇帝の暗殺をねらう虚

---

シェークスピア：William Shakespeare（一五六四〜一六一六）　イギリスの詩人、劇作家。

『アラビアン・ナイト』：アラビア語で書かれた大説話集。『千夜一夜物語』とも呼ばれる。一二世紀には原型ができあがったと言われている。

デュマ：Alexandre Dumas（一八〇二〜七〇）　フランスの劇作家、小説家。『三銃士』などでも知られる。

経国済民：国家を経営し、人民を救うこと。

森田思軒：翻訳家、新聞記者。ユゴーの翻訳『探偵ユーベル』（明治二二年）などで名声を博し、その正確で格調高い翻訳は、思軒調と呼ばれた。

佳人之奇遇巻一

東海散士　著

東海散士一日費府ノ獨立閣ニ登リ仰テ自由ノ破鐘(欧米ノ民大事アル毎ニ鐘ヲ撞テ之ヲ報ス始メ米國ノ獨立スルニ當テ吉凶必ス閣上ノ鐘ヲ撞ク鐘遂ニ裂ク後ニ人呼テ自由ノ破鐘ト云フ)ヲ觀俯テ獨立ノ遺文ヲ讀ミ當時米人ノ義旗ヲ擧テ英王ノ虐政ヲ除キ卒ニ能ク獨立自主ノ民タルノ高風ヲ追懐シ俯仰感慨ニ堪ヘス愾然トシテ窓ニ倚テ眺臨ス會〻二姫アリ階ヲ繞テ登リ来ル翠羅面ヲ覆ヒ暗影疎香白羽ノ春冠ヲ戴キ輕穀ノ短羅ヲ衣文華ノ長裾ヲ曳キ風雅高表實ニ人ヲ驚カス一小亭ヲ指シ相語テ曰ク那ノ處ハ即チ是レ一千七百七十四年十三州ノ名士始メテ相會シ國家前途ノ國是ヲ計畫セシ處ナリト

當時英王ノ昌披ナル漫ニ國憲ヲ蔑如シ擅ニ賦斂ヲ重クシ米人ノ自由ハ全ク地ニ委シ哀願途絶ヘ愁訴術盡キ人心激昂干戈ノ禍殆ト將ニ潰裂セントス十三州ノ名士大ニ之ヲ憂ヒ此小亭ニ相會シ其窮厄ヲ救濟シ内亂ノ禍

『佳人之奇遇』巻一（明18、博文堂）、冒頭部分

無党員らを主人公にしたものだが、そこには加波山事件（明治一七年）や秩父事件（同）など、自由党左派の武装蜂起、弾圧事件が重ね合わされている。政治小説の流行には西洋諸国との不平等条約の改正をめぐって再び反政府運動が盛んになった背景があり、鹿鳴館に代表される欧化主義政策の反動として、国権伸張をめざすナショナリズムがその根底に流れていた。ただしこれらは後の偏狭な国粋主義ともややニュアンスを異にし、独自の国際性——彼我の異質性を認めつつ、同時にそれを乗り越えようとする志向——を内包していた点には注意が必要であろう。たとえば矢野龍渓の『経国美談』（明治一六〜一七年）は古代ギリシャのテーベを舞台にした長編歴史小説で、スパルタの専制政治と戦う民主主義者たちの活躍に、民権運動のあるべき姿が

投影されたものである。正規のギリシャ史を踏まえつつ、一方では『南総里見八犬伝』や『水滸伝』の影響も顕著で、近世の読本的な伝奇性が色濃く現れており、一個の作品の中にさまざまな背景を持つ文化が融合している。東海散士の『佳人之奇遇』（明治一八〜三〇年）もまた、主人公の「東海散士」がアメリカのフィラデルフィアの独立閣で、アイルランドとスペインのそれぞれ女性の独立運動の闘士と偶然出会い、独立への熱意を語り合う場面から始まっている。日本人とアイルランド人とスペイン人がアメリカで邂逅した時、果たして何語で会話がなされたのであろうか。表記はやはり漢文訓読体であり、「翠羅面ヲ覆ヒ、暗影疎香白羽ノ春冠ヲ戴キ軽穀ノ短羅ヲ衣文華ノ長裾ヲ曳キ」というヒロインの容姿は明らかに中国の宮廷美女のものである。女性はピアノではなく、琴をひき、皆で唱和するフランス国歌も漢詩で表記されている。奇妙といえば奇妙なのだが、ここでも異質な文化、習慣を融合してしまう漢文脈の力を確認することができ

『南総里見八犬伝』：読本。江戸期を代表する長編伝奇小説。滝沢馬琴作。文化一一〜天保一三年刊。
『水滸伝』：長編小説。中国四大奇書の一つ。元末〜明初に成立。『八犬伝』に大きな影響を与えた。
翠羅面ヲ覆ヒ：緑の薄衣で顔を隠し。
暗影疎香：暗香疎影の誤りか。そこはかとなく漂う香りとまだらな影。
春冠：はなやかなかんむり。
軽穀ノ短羅：軽くふんわりとした薄衣。
文華ノ長裾：はなやかで長いすそ。

よう。末広鉄腸『雪中梅』（明治一九年）のように戯作文体で書かれた政治小説ものちに現れるが、政治小説の多くは漢文訓読体を基本にしており、翻訳小説との密接な関係を思わせるのである。

　矢野龍渓は立憲改進党結党の中心メンバーであり、末広鉄腸が第一回衆議院議員選挙に当選していることからも明らかなように、彼らはまず何よりも政治家であり、小説家としては全くの素人であった。彼らにとって政治と文学は別のものではなく、啓蒙主義的、功利的なその文学観には、一方で、社会性に裏打ちされた「ロマン」の可能性がうちに秘められていたのも確かなのである。たとえば矢野龍渓の『浮城物語』（明治二三年）は海洋冒険小説であり、西洋の植民地支配と戦う志士たちの活躍が描かれている。彼らは南海を航行中に海賊船に襲われ、逆にこれを奪って浮城艦と命名し、最新科学兵器を操りながら南洋で欧米の艦船と戦うのである。一例として、いよいよ海戦が始まる場面を引いてみることにしよう。

　綜理声を励まし諸将校に言て曰く「視よ彼艦は世界列国に海上第一強勇の名を博する英国の戦艦にあらずや　今や大に我々が海上の武力を試むるの時到る。諸子夫れ奮励勇闘せよ。彼れの船形大砲は我れと匹すと雖ども我には雷弾*霹靂弾の利器あり。且彼れの速力は早しと雖ども十四ノットの上に出でざるに我船は二十ノットの速力あり。兵器機関我已に幾分の勝算を占む　若し今此艦を一撃打壊せば以て*碧眼奴の肝を破るに足らん。

（第四十七回）

〈碧眼奴〉という一語からもうかがわれるように、彼等の行動のエネルギーは、条約改正運動を背景にした、国権拡張のイデオロギーに発していたわけで、政治小説の作者たちの説いた〈雄厚絶大〉なる文学、という主張には、一方で社会性に裏打ちされた伝奇的ロマン——物語文学——の可能性が秘められていたことを忘れてはなるまい。

## 3　「小説」とノベル

坪内逍遙の『小説神髄』（明治一八～一九年）は、「小説」は単なる「稗史」ではなく、それ自体が芸術の一ジャンルであること、「勧善懲悪」などの特定の道徳観に拘束されぬ、自律的な価値を持つべきこと、荒唐無稽を排し、人間心理を「模写」することが重要であることなど、数々の重要な問題提起を行ったが、その意図は、彼自身が幼時から慣れ親しんだ戯作をあらためて新時代に向け、改良することに置かれていた。当時の知識人たちの例に漏れず、進化論の影響が顕著で、いわゆる進歩史観に従って西洋文学史の概括が試みられている点にその特徴があった。当

霹靂：急激な雷鳴。
碧眼：あおい色の目。欧米人。

『一読三歎 当世書生気質』第一号（明18、晩青堂）挿絵

時の欧州はたまたまロマン主義から自然主義へ、ロマンスからノベルへと歴史的変遷を遂げつつあったために逍遙はノベルをより進化した小説形態であると考えていた形跡があり、結果として「小説」の語がロマンスではなく、ノベルの訳語にふり宛てられることになったのである。

彼がその実作として著した『一読三歎当世書生気質』（明治一八～一九年）の表紙は、『小説神髄』の表紙が「文学士坪内勇蔵著」とされていたのに対し、「春のやおぼろ先生戯著」とされており、作者がそれを従来の戯作の延長線上に位置づけていたことは明らかである。書生小町田粲爾と、もとは彼と幼なじみで偶然再会した芸妓田の次との恋愛を中心にストーリーが進んでいくのだが、おそらくその内容上のポイントは、田の次との恋が学校で評判となり、校長から訓告され、彼がすんなりと彼女との恋を見切ってしまう次のような場面にあるのではないだろうか。

知恵浅はかなる凡夫(ぼんぷ)の身にては、これを如何ともすべきやうなし。経験は知識の母、*蹉躓(さてつ)は覚悟の門。ああ、田の次。我身もろとも汝(そなた)の身は、わがおろかなる架空癖(アイデヤリズム)の *unfortunate*(アンフォウチュネイト) *victim*(ヴィクチム)（不便な犠牲）でありけるぞや。今は不実といはるるとも、*結句そなたの幸(さいわい)なり。また我(わが)ための幸福なり。***pardon me***(パアドン ミイ)（ゆるしてくれよ。）と小町田が、自問自答の独語(ひとりごと)。洋語まじりにつぶやきたる。

（第拾壹回）

「今は不実といはるるとも、結句そなたの幸なり。」というのは、はなはだ勝手な論理であると言わざるを得ない。結局物語は全くの偶然によって大団円を迎えるのだが、社会との対決を通して他の誰とも違う「自己」を自覚すべき最も肝要な場面において、主人公は自らそれを放棄してしまう。「内面」を語るはずのことばが英語まじりになっているのはここで何とも象徴的であろう。これでは先の『柳橋新誌』の英語を振りかざす若者と、本質的に大きな違いはないのではないか。「小説の主脳は人情なり。世態風俗これに次ぐ」とは『小説神髄』の中の有名な文言だが、

---

蹉躓：蹉跌に同じ。失敗、つまずき。
結句：結局は。

「人情」すなわち内面心理に充分踏み込めず、「世態風俗」のみの「模写」に流れてしまった時点で、逍遙の「小説」は挫折を遂げたのである。以後、『新磨妹(いも)と背かゞみ』(明治一八〜一九年)から『細君』(明治二二年)に至る過程で夫婦の内面心理の描出に一応の境地を開いてみせはしたものの、結局逍遙はこれを最後に「小説」の筆を折ってしまう。彼は直接観察できないことは描くべきではないという、いささか頑ななまでの「模写」へのこだわりから抜け出ることができず、一方では『内地雑居未来之夢』(明治一九年)のような独自の社会性、未来記的な要素を持つ作品なども執筆しながら、結局その可能性を伸ばすことができずに終わってしまったのである。

## 4 二葉亭四迷の苦闘

逍遙の「模写」の理念を批判的に継承し、実質的な近代小説の創始者となったのが二葉亭四迷(ふたばていしめい)であった。現実をただ忠実に写し取るだけでは「小説」にはならない。『小説神髄』に触発された彼は自ら『小説総論』*(明治一九年)を著し、「模写といへることは実相を仮りて虚相を写し出すといふことなり」という理論をもって、逍遙の「模写」の限界を批判的に乗り越えようと試みることになる。彼の文学的自己形成は外国語学校露語科時代にロシア文学を通してなされ、ベリンスキー*の観念論的美学にのっとって、作者のイデー(虚相)をいかに作中に映し出していくかを自らの課題としていた。以下、文壇デビュー作、『浮雲(うきぐも)』を通して、この時期の「小説」が抱えていた問題点を考えてみることにしよう。

『浮雲』の主人公内海文三（うつみぶんぞう）は叔父孫兵衛の家に下宿する官吏であり、孫兵衛の娘、お勢（せい）とは将来の仲を暗に認められた関係である。だが、人員整理のために馘首（かくしゅ）されたことをきっかけに、お勢の母お政は急に文三に辛くあたるようになる。文三のライバル本田昇（のぼる）は処世術にたけており、お勢に接近し、お勢もまた昇にひかれ、文三が焦燥の色を濃くするところで小説は中絶するのである。『浮雲』は第一編が明治二〇年六月、第二編が明治二一年二月に刊行され、第三編は明治二二年七～八月に雑誌「都の花」*に発表された。この微妙なタイムラグをはさみ、三編はあたかも違う作品であるかのように表現、文体の質を異にしており、その試行錯誤のプロセスはそのまま近代小説の生みの苦しみを表している趣がある。ここでは語り手が主人公文三にどの

『浮雲』第一篇（明20、金港堂）
著者名は坪内逍遙の名を借りている

『小説総論』：逍遙の『当世書生気質』を評した評論の序論として書かれた。本論は散逸。

ベリンスキー：一八一一～四八　ロシアの指導的な文芸批評家。

「都の花」：明治二一年から二六年にかけて発行された、当時を代表する文芸雑誌。山田美妙が編集の中心にいた。

ような距離をとって語っているか、という一点に絞って問題点を明らかにしてみたい。
第一編の語り手は戯作の色合いを強く残しており、「シッ、跫音がする。」と読み手に注意を喚起しながら、共に作中人物たちの会話を立ち聞きし、事件を覗き見するようなスタンスをとっている。

お勢の帰宅した初より、自分には気が付かぬでも文三の胸には虫が生た。（略）虫奴は何時のまにか太く逞しく成ッて「何したのじゃアないか」ト疑ッた頃には既に、「添度の蛇」といふ蛇に成ッて這廻ッてゐた……むしろ難面くされたならば、食すべき「たのみ」の餌がないから、蛇奴も餓死に死んでしまいもしようが、憖に*卯の花くだし五月雨の*ふるでもなくふらぬでもなく生殺しにされるだけに蛇奴も苦しさに堪へ難ねてか、のたうち廻ッて腸を噛断る……
（第二回）

これは文三が初めてお勢に恋心を自覚する重要な場面なのだが、恋心を虫に例えるなど、見立てや茶化しによる観察から抜け出せず、語り手はなかなか彼の心理の内面に入っていくことができない。ところがこうした語りは第二編の途中の次の場面から、みるみる変貌していくことになる。

面と向ッて図大柄に、「痩我慢なら大抵にしろ」と昇は云ッた。

痩我慢痩我慢、誰が痩我慢してゐると云ッた、また何を痩我慢してゐると云ッた。

俗務をおッつくねて課長の顔色を承けて、強て笑ッたり*諛言を呈したり四ン這に這廻わッたり、（略）頼まれても文三には其様な卑屈な真似は出来ぬ、それを昇はお政如き愚癡無知の婦人に*持長じられると云ッて、我ほど働き者はないと自惚てしまい、しかも廉潔な心から文三が手を下げて頼まぬと云へば、嫉み妬みから負惜しみをすると憶測を逞うして、人もあろうにお勢の前で「痩我慢なら大抵にしろ」

口惜しひ腹が立つ。余の事はともかくも、お勢の目前で辱められたのが口惜しい。


（第九回）

それまで冷やかし半分であったはずの語り手はここで急に文三と共に怒りだし、彼に成り代わるかのように内面心理を説明し始めることになる。だが、こうした視点では文三以外の人物の内面には逆に立ち入れなくなってしまう。このため第三編では再び冷静さ、客観性を取り戻し、裁

---

卯の花くだし：五月雨のこと。卯の花が腐るくらいに長く降る、という意味。
ふるでもなくふらぬでもなく：雨が「ふる」と相手を「ふる」の意とをかけている。
諛言：おべっか、へつらい。
持長じられる：重んじられる。

判官のようなニュートラルな視点から事件を語り出すのである。

お勢は実に軽躁（かるはずみ）である。けれども、軽躁でない者が軽躁な事をしようとてし得ぬが如く、軽躁な者は軽躁な事をしまいと思ッたとて、なかなかしずにハおられまい。（略）もしお勢を深く尤（とが）むべき者なら、較（くら）べていえば、やや学問あり智識ありながら、尚（な）ほ軽躁（けいそう）を免がれぬ、譬（たと）えば、文三の如き者は（はれやれ、文三の如き者は？）何としたものであろう？
人事（ひとごと）でない。お勢も悪るかッたが、文三もよろしくなかッた。　（第十六回）

結果的にいえばこの第三編が最も言文一致に近く、客観性も保たれているのだが、今日文三の内面心理の描写として最も評価が高いのが第二編であるのは皮肉であるにちがいない。全能的に各人物を裁いた方が客観性を打ち出しやすいはずだが、一方で一元的な視点から主人公に密着し、その人物になりきった方が内面心理の動きを映し出しやすい、という矛盾に突き当たってしまうのである。

同時にそこには、語り手が登場人物への批評をどこまで打ち出すべきか（『作家苦心談』明治三〇年）という課題があり、最後の引用文のように語り手がその判断を前面に出せば出すほど、自然な「写実」からは遠ざかってしまうことになる。

これらは決して『浮雲』だけの問題ではなく、客観的に下界を俯瞰（ふかん）する視点を実現しにくい、

二葉亭四迷

日本の散文芸術そのものが抱え込んでいた問題点であるともいえよう。以後二葉亭が長い間文壇から遠ざかることになるその過程は、近代小説が言文一致の文体でいかに人物の内面を描写していくかをめぐる、長い生みの苦しみを象徴しているように思われるのである。

# Ⅱ　明治中期の小説文体

明治の初頭から四〇年（一九〇七）前後にかけて、日本語の文章は未曽有の変革期にあった。今日「文体」という語は作家の「書きぐせ」のような意味で用いられることが多いが、当時にあっては漢文脈、和文脈、口語文等をどのような割合で融合させ、新しい文章を生み出していくかという、書き手の創意そのものを意味していたのである。ことばは世界を切り分けていく手だてであり、漢文脈も和文脈も、それをもってしか表現し得ぬ、固有の世界を背負っている。その意味でも「文体」とは異質な世界観が葛藤し、ぶつかりあう場にほかならず、「小説」というジャンルをあらたに、どのように捉えていくかという、書き手自らの所信表明としての意味を持つものでもあったのである。

## 1　言文一致の挫折と森鷗外の登場

二葉亭四迷が『浮雲』において「言文一致」を試みたのは、日常の生活心理を「模写」するには何よりも日常のことばが必要なのだという必然性に基づいていた。むろん、「言」と「文」とが完全に一致することはあり得ぬわけで、言文一致は、歴史的には既成の規範をうち破る文章の改革運動として提唱されることを常としている。しかし両者の距離が日本の歴史の中で最も開いてしまっていたこの時代にあって、事態ははなはだ混迷を極めていた。たとえ「口語（俗語）のように書く」ことは可能であっても口語をそのまま筆記しても文章にならぬことは明らかであろう（二葉亭が『浮雲』執筆にあたって参照したのは三遊亭円朝の口述筆記本であったという[1]）。また、彼が最も悩んでいたのは、敬体なしの口語で文章を書くのは読者への礼を欠くのではないか、という問題であったともいう。「俗」であるとされていた話しことばで小説を書くのは当時としては大きな冒険であり、たとえば明治の最大のベスト・セラーである、尾崎紅葉の『金色夜叉』（明治三〇〜三五年）においても、登場人物の会話はカギ括弧にくくられた口語文、地の文は格調を重んじた文語文、という折衷が計られていた。結果的に小説において「言文一致」が一般化するのは明治三〇年代後半になってからであり、『浮雲』のあまりにも早すぎる企ては、あえなく挫折したのである。

もっとも言文一致が実現すれば小説の「近代化」は達成される、と単純に考えるのも間違いであろう。たとえばドイツ留学から帰国し、『舞姫』（明治二三年）、『うたかたの記』（同）、『文づかひ』（明治二四年）の三部作で華々しくデビューした森鷗外は、当初「言文一致」に慎重であり、彼がめざしたのは独自の雅文体をあらたに創りだす道なのであった。主人公太田豊太郎がドイツからの帰国の船中で手記を書き始める、『舞姫』の冒頭付近の場面を引いてみることにしよう。

> げに東（ひんがし）に還（かえ）る今の我は、西に航せし昔の我ならず、学問こそ猶（なお）心に飽き足らぬところも多かれ、浮世*のうきふしをも知りたり、人の心の頼みがたきは言ふ*も更なり、われとわが心さへ変り易（やす）きをも悟り得たり。きのふの是はけふの非なるわが瞬間の感触を、筆に写して誰にか見せむ。これや*日記の成らぬ縁故なる、あらず、これには別に故（ゆえ）あり。

和文体を基調に漢詩の対句が取り入れられ、格調の高いリズムを醸し出している点に注意したい。主人公太田豊太郎はドイツ留学中にエリスとの愛に目覚め、一度は栄達の道を諦めるのだが、結局は彼女を捨て、国家の要請に従って帰国してしまう。「わが豊太郎ぬし、かくまで我をば欺（あざむ）き給ひしか」というエリスの一語は実際にはドイツ語で発せられていたはずなのだが、われわれがさして奇異にも感じないのは、和文脈の持つ歴史的なコンテクストによって、物語文学以来の悲恋のイメージがそこに重ね合わされるからにほかならない。

豊太郎が渡独して間もなくの自分を、「ただ所動的*、器械的の人物になりて自ら悟らざりしが、（中略）奥深く潜みたりしまことの我は、やうやう表にあらはれて、きのふまでの我ならぬ我を攻むるに似たり。」と回想する場面があるのだが、これはかつて「まことの我」――近代的自我

――が主人公の内部で覚醒していく場面であると解釈されてきた。しかし結末に至るまで、結局豊太郎は自分の進むべき道について何の決断もしていない点には注意が必要であろう。彼は最も重要な場面で人事不省(じんじふせい)に陥っていたのであり、すべての処理をしたのは友人の相沢謙吉なのである。「国家」か「恋愛」か、という主体的判断は、実は作中で成り立ってはいない。*帝国憲法発布前の、いまだ形成の渦中にあってはなはだ実感のつかみがたい「近代国家」のイメージと、「まことの我」とともに、やはりどこにあるかよくわからぬが、それでもどこかにあるにちがいないという「愛」の予感と――結局このどちらにもアイデンティティを自覚しえぬまま、彼はただ、運命に翻弄され続ける。先の引用の

森鷗外（留学当時）

浮世のうきふし：世の中のつらい事柄。
言ふも更なり：言うまでもない。
これや日記の成らぬ縁故なる：これが日記を書けない理由なのだろうか。
所動的：受け身の。
帝国憲法発布：大日本帝国憲法の発布は明治二二年二月十一日。物語の中の時間は発布前と想定。

「われとわが心さへ変り易きをも悟り得たり。」という一節は、実は豊太郎の生のありようの最も本質的な部分に関わる告白なのではあるまいか。

鷗外の初期三部作はいずれも〝悲恋〟がテーマになっており、自分には所属すべき〝何か〟があるはずなのだけれどもついにそれをつかみ取ることができない、という浮き草のような感覚が、「未発の恋」に託されている。現実における断念と、なおかつ見果てぬ夢と――この両者をたゆとう想いを一編に綴るにあたって、あえて平俗な日常を離れ、現実でも夢でもない第三の空間が創り出されなければならなかったのである。そしてそれはまた、『舞姫』が言文一致ではなく、雅文体で書かれなければならぬゆえんでもあったわけである。

## 2　硯友社と紅露時代

逍遥と四迷の後を受けて時代の舞台に躍り出たのは、尾崎紅葉と彼を中心とする文学グループ、硯友社であった。硯友社は明治一八年に紅葉、山田美妙らを中心に結成され、同人誌「*我楽多文庫」を発刊、これを機に初めて本格的な「文壇」が形成され始めることになる。石橋思案、丸岡九華、巖谷小波、広津柳浪、川上眉山、江見水陰などを主力に、泉鏡花、徳田秋声、田山花袋らが後に巣立っていった事実からもその影響力を推し量ることができよう。

紅葉は『*二人比丘尼色懺悔』（明治二二年）が出世作で、続く『伽羅枕』（明治二三年）で人気作家としての地位を不動のものとした。『伽羅枕』は数奇な運命をたどる遊女の一代記だが、井原西鶴の『好色一代女』の強い影響が感じられる。こころみに、冒頭部分を、比較してみることにしよう。

（伽羅枕）またしても女物語。京は女﨟の名所、とりわけ*祇園島原は其粋を萃め、*二十四番の風吹絶えずして、*千紫万紅の乱咲には、*東夷のおのづから其色に浮れの一節、骨太の手に扇拍子を習ひ、魂忽然とろ〳〵鴨川の水には*刃金の鈍ること奇妙なり、*延鏡借りて見よ、*小鬢に愧かしき年齢してしげ〳〵なる*揚屋がよひ、これも交際と、*名はいかにと

---

我楽多文庫：明治一八年五月〜二二年一〇月。当初は筆写回覧本だったが公売となり、さらに「文庫」と解題。編集は尾崎紅葉が中心になって当たった。
『二人比丘尼色懺悔』：美しい尼の住む草庵を、道に迷った若い尼が訪れ、語り合ううちに、自害した武者を共に夫、愛人にしていたことを知る、という内容。
祇園島原：祇園、島原ともども、京都を代表する遊里。
二十四番の風吹：季節ごとの開花を知らせる風。
千紫万紅：種々さまざまな花。
東夷：関東武士の無骨なさま。
刃金：刀剣。
延鏡：手鏡。

も附けらるゝものなり、（以下略）

（好色一代女）美女は命を断つ斧と、古人もいへり。*心の花散り、夕の焼き木となれるは、何れかこれをのがれし。されども、時節の外なる朝の嵐とは、色道におぼれ、若死の人こそ愚かなれ。その種はつきもせず。

*人の日のはじめ、都の西、嵯峨に行く事ありしに、春も今ぞと、花の*口びるうごく梅津川を渡りし時、何怜しげなる当世男の*采体しどけなく、色青ざめて恋に貌を責められ、行く末頼みすくなく、（以下略）

文章を区切るリズムをも含め、かなり意識的な模倣であることがわかる。幕末の戯作よりもさらに時代をさかのぼった西鶴の写実性がかえって新鮮な印象を与えたこと、欧化主義の反動として伝統文化見直しの気運が高まっていたこと、などの背景を考えておかなければならないが、これら一連の動きを「西鶴復興」、あるいは「擬古典主義」と称することもある。紅葉を貫いていたのは徹底した美文意識で、筋立ての妙と文章の技巧によって登場人物の「情」を照らし出していくことをめざす彼らの小説観は、近代人の日常的な内面心理をえぐっていくことをめざした二葉亭四迷のそれにまさに逆行するものでもあった。だがそれは一方で国字改良など、国家的なレヴェルでの標準化をめざす「言文一致」に異を唱える、いわば伝統文化の揺り戻しとしての意味を持っており、個々の文脈の持つ歴史性を無視して「近代小説」が成り立ち得ぬことへの警鐘の意味を合わせ持っていたのである。

『蝴蝶』(「国民之友」明22・1) 挿絵

もっとも硯友社の同人すべてが西鶴を模倣していたわけではなく、紅葉と並ぶ旗頭、山田美妙は、言文一致で南北朝時代の秘史を綴った『武蔵野』(明治二〇年)で一躍有名になり、平家の壇ノ浦の悲劇を描いた『蝴蝶(こちょう)』(明治二三年)は、ヒロインの裸体の挿絵もあいまってセンセイショナルな反響を呼ぶことになった。作中の一部を引いてみることにしよう。

小鬢に愧かしき年齢：左右の髪に白髪の交じる年齢。
揚屋：遊女を招いて遊ぶ家。名：名目。
心の花散り、夕の焼き木となれる：若さが衰え、やがては死ぬこと。
人の日のはじめ：正月七日。
口びるうごく梅津川：梅の花が綻びかけている状況。梅津川は、京都の桂川。
采体しどけなく：なり振りは、だらりとして締まりがなく。

西山を啣(ふく)む二十三夜の残月、今些(すこ)し前まで降続いた五月雨に洗ハれた顔の清さ、まだ化粧は止めずに雲の布巾(ふきん)を携へて折々ハみづから拭つて居ます。夜半、それが此時の「美」の原素で、山里、それがこの処の「美」の源です。（略）形容すれば、秋冬の淋しさは「嘆いて居る淋しさ」で、そして春夏の淋しさは「笑つて居る淋しさ」、その「笑つて居る」夜半の淋しさに忍んで色彩を添へる四辺の寂寞、思へば「自然」の腕も非常なものです。（其三）

独自の「〜です」「〜ます」調で知られるこの文体は、二葉亭と並ぶ、言文一致の先駆的な実験として知られているが、一方では『浮雲』のそれが登場人物の日常的な心理を写しとるための必然的な手だてであったのに対し、美妙のそれは、類型的な擬人法や比喩表現が目立つ分、見かけ以上に古い側面があり、文章の装飾的な効果を出るものでなかったことも明らかである。当時紅葉と並んで文壇の第一人者的な存在であった美妙だが、個人的なスキャンダルなども手伝って、彼はほどなく文壇から退いていくことになる。だが、美妙のもう一つの功績は商業文芸誌としては最も早いものの一つといわれる「都の花」を主宰したことで、多くの新進作家に執筆の舞台を提供することになった。一方で紅葉は「読売新聞」の文芸欄の中心となり、またほぼ時を同じくして春陽堂が*「新小説」を創刊したことなどもあいまって、職業としての「小説家」を支える、近代的な出版ジャーナリズムが形を整えていくことになるのである。

「紅露時代」ともいわれるように、明治二〇年代を代表する作家として紅葉とならび称されたのが幸田露伴である。『露団々』（明治二二年）によって文壇に登場し、『風流仏』（明治二二年）で一躍名声を確立し、『対髑髏』（明治二三年）、『一口剣』（明治二三年）、『五重塔』（明治二四〜二五年）などの名作を著して文壇での評価を不動のものとした。同じく西鶴の文体の影響を受けながらも人情、風俗の写実を特色とした紅葉に比し、露伴は頑固一徹な職人気質や芸道など、理想主義的な男性像を描くことを得意とした。『風流仏』の主人公は珠運という名の彫刻師で、木曽山中で花漬売りの少女お辰と恋仲となる。だがお辰は政府高官の隠し子であることがわかり、連れ去られてしまう。失意の珠運は彼女の面影を一心に仏像に刻み続けるのだが、結末で像に精気が宿り、生動し始めることによって珠運は救済されるのである。『五重塔』もまた、人々に遠ざけられていた大工、のっそり十兵衛が、一代の夢をかけて谷中感応寺の五重塔を建立する物語である。ようやく落成式も間近となったある日、塔に嵐が襲いかかる場面を抜粋してみることにしよう。

　長夜の夢を覚まされて江戸四里四方の老若男女、悪風来たりと驚き騒ぎ、雨戸の横柄子緊乎と挿せ、辛張棒を強く張れと家々ごとに狼狽ゆるを、可愍とも見ぬ*飛天夜叉王、怒号の声

---

「新小説」‥明治二二年創刊。博文館の「文芸倶楽部」（明治二八年創刊）とならび、代表的な商業文芸誌として知られる。

尾崎紅葉

幸田露伴

> 音たけだけしく、＊汝ら人を憚るな、汝ら人間に憚られよ、人間は我らを軽んじたり、久しく我らを賤みたり、我らに捧ぐべきはずの定めの牲を忘れたり、（後略）（三十二）

この根底にあるのは儒教、仏教をはじめとする東洋思想に対する深い造詣であり、物質主義に走る近代文明への痛烈な批判である。彼はその後も昭和二二年に没するまで営々と執筆を継続し、明の永楽帝を中心とした史伝『運命』（大正八年）、さらに歴史上の人物を独自の遠近法で繋いでいく『連環記』（昭和一六年）など、時の文壇の流派や主義主張とは一線を画する、雄大な文学世界を築きあげている。『芭蕉七部集』の評釈のほか、中国古典、儒学、仏典に至るその並外れた教養を通して、われわれは西洋近代文明を根本から相対化していく、東洋的な「知」のありようを探ることができるのである。

## 3　雑誌「文学界」と樋口一葉の時代

明治二〇年代の思想界は、志賀重昂、杉浦重剛、三宅雪嶺らの国粋主義の拠点となっていた政教社と、独自の欧化主義、啓蒙主義で知られる、徳富蘇峰の民友社との対比で整理することができる。ジャーナリズムでいえば、前者の中心となったのが雑誌「日本人」*、後者の中心となったのが「国民之友」*であった。「国民之友」は当時を代表する総合雑誌で、その文芸欄を抜きにこの時期の小説を語ることはできない。「国民之友」と併走する形のキリスト教系の女性啓蒙誌に、巖本善治主宰の「女学雑誌」*があったが、さらにここから分かれる形で明治二六年に創刊されたのが「文学界」*であり、浪漫主義文学の一大拠点としての役割を果たすことになった。主要

---

飛天夜叉王：天を駈ける魔王。

汝ら：雨と風のこと。

「日本人」：明治二一年～三九年。対外強硬策を掲げて藩閥を批判し、しばしば弾圧された。

「国民之友」：明治二〇年～三一年。平等を理念とする、平民主義を標榜した。

「女学雑誌」：明治一八年～三七年。号を重ねるにつれ、文学色が強くなっていった。

「文学界」：明治二六年～三一年。

同人として結集したのは、北村透谷（とうこく）、島崎藤村、戸川秋骨（しゅうこつ）、馬場孤蝶（こちょう）、平田禿木（とくぼく）、星野天知、星野夕影、上田敏（びん）らであり、彼らの交友の雰囲気は、後年の藤村の『春』（明治四一年）に詳しい。「文学界」を紐解いてみると、われわれが今日抱くロマンティシズムの概念とはむしろ対極にある、中世的な無常観が際だっていることにあらためて驚かされる。そこに共通するのはある種厭世的な主情性であり、現世の桎梏（しっこく）を概嘆することによって、それをバネに、非在の世界への跳躍をめざそうとする祈念であった。そしてそれはすでに、何よりもまず「個」の自覚と解放をテーゼとした欧州のロマン主義思潮とはかなり趣を異にするものだったのである。彼らの多くはキリスト教（プロテスタント）の影響を強く受けたが、彼我の宗教的土壌の相違を苦悩する以前に、信仰から離れていくことになる。彼らにとって信仰の問題は、霊肉二元論を出発点に形而上的世界を憧憬していくための、あくまでも一つの意匠にとどまるものであったのである。

明治期の文学を読み解くキーワードに「想」と「実」がある。近代小説の出発期に、逍遙、二葉亭、鷗外が三者三様に「作者のイデー」と「現実の模写」との関係を論じていたことをここであらためて想起してみたい。この両者を共に実現する方法がいかにして可能なのか――それは当時の「小説」に課せられた最も大きな課題の一つでもあったはずである。そしてそれは同時に、人情世態小説の流れと政治小説的なロマンをどのように統合していくのかという課題、さらにのちの展開を見据えていえば、言文一致の文体によって非現実的な幻想世界を描くことがいかにして可能なのか、という課題にも通じていたにちがいない。当初「文学界」を主導したのは透谷の評論であったが、そこに提出された形而上の世界を「小説」に実現していく試みは、一方で同人たちにとってはあまりに大きな負担であった。藤村がその断念を前提に散文小説家として歩み始めるまでには、なお一〇年以上の歳月を必要としたのである。[2]

今日から見て「文学界」を発表舞台にした小説家としてまず第一に挙げるべきは、樋口一葉だろう。一葉に関しては「奇蹟の十四ヵ月」という形容がしばしばなされる。彼女は明治二九年に二五歳でその短い生涯を終えるのだが、病没する十四ヵ月前に『大つごもり』（明治二七年）を発表したのをきっかけに、無名であったそれまでの習作時代と訣別、『にごりえ』（明治二八年）、『たけくらべ』（明治二九年）をはじめとする名作を続々と発表し、「今紫（当代の紫式部）」の名声を勝ち取るまでになるのである。

樋口一葉

一葉文学の真髄は、「口惜しさ」「理不尽」の感覚にあるといってよい。多くの場合、それらは貧困、家柄の違いなどに基づく行き違い、あるいは成就されることなく行きまどう恋の情念などの形をとるのだが、時代や社会の板挟みに会う女性たちの「理不尽」が切々と詠いあげられていくその背後には、社会の底辺でもがき、苦しむ人々を見据えるしっかりした目があった。

こころみに、『にごりえ』のヒロインである、娼婦お力の独白場面を抜粋してみることにしよう。

　行かれる物ならこのまゝに*唐天竺の果までも行つてしまいたい。あゝ嫌だ嫌だ嫌だ。どうしたなら人の声も聞えない、物の音もしない、静かな、静かな、自分の心も何もぼうつとして、物思ひのない処へ行かれるであらう。つまらぬ、くだらぬ、面白くない、情ない悲しい心細い中に、何時まで私は止められてゐるのかしら。これが一生か、一生がこれか、あゝ嫌だ〳〵（中略）どうで幾代もの恨みを背負て出た私なれば、するだけの事はしなければ、死んでも死なれぬのであらう。情ないとても誰れも哀れと思ふてくれる人はあるまじく、悲しいと言へば商売がらを嫌ふかと一ト口に言はれてしまう。ゑゝ、どうなりとも勝手になれ、勝手になれ。（五）

　自身も周囲をも不幸にしてしまわざるを得ぬ宿世の自覚、とでもいったらよいのであろうか。生活の生々しいリアリティを下敷きに、かかる宿世からの離脱を願う情念の葛藤が、彼女の生き方を決定していくことになる。お力は朝之助という、花も実もある男と恋仲で、身請けも予想される展開なのだが、結局はかつてお力に入れあげ、今は零落した源七と心中してしまう。ある朝、二人の遺体が発見されるところで作品は閉じられるのだが、その間の心理的経緯の一切が省筆されているために、無理心中であったのか合意心中であったのか、研究者の間でさまざまな議論が展開され、定説を見ぬまま現在に至っている。

一葉の作品に描かれる男たちには一つの共通のタイプがあって、ふがいのない男たちの虚無に、女の「口惜しさ」が映し出されるという構図がある。たとえば『十三夜』(明治二八年)は、人妻お関の物語で、高級官吏のもとに嫁ぎ、仕合わせな結婚生活をしていたはずの彼女が夫の変化にとまどい、精神的な虐待に苦しむという設定である。ある夜実家に帰り、両親に涙ながらに離婚の決意を語るのだが、弟が夫の世話になっており、その出世に一家の浮沈がかかっているので何とか思いとどまるようにと諭(さと)される。結局翻意し、以後はただ、母として生きていこうという悲壮な決意を固めるのである。その夜の帰り道、人力車に乗ると、車を引いていたのは幼なじみでかつて将来の暗黙の約束を交していたこともあった録(ろく)之助であった。だが、結局〝事件〟はなにも起こらない。想いを遂げられなかった彼はその後零落し、今はただ、お関と知っても無反応に車を引くばかりなのである。録之助の虚無はこの小説にあってきわめて印象的で、お関の「口惜しさ」をより一層際だたせる鏡のような役割を果たすものといえよう。

代表作『たけくらべ』は大黒屋(だいこくや)の美登利(みどり)と竜華寺(りゅうげじ)の信如(しんにょ)との淡い初恋を中心に、下町に生きる子供たちの世界を叙情豊かに描いた作品、という解釈がこれまで定着していた。これに対して作家の佐多稲子(さたいねこ)が昭和六〇年(一九八五)に異議を唱え、十四~十五章にかけて美登利が初めて

唐天竺:中国とインド。見知らぬ遠い果ての比喩。

『真筆版　たけくらべ』
(昭17、四方木書房)

高島田を結い、不機嫌を決め込んでいる場面を初潮と捉える従来の説に対して、初店(はつみせ)説(すでにその前夜、客を取るための残酷な儀式が行われていた、ととる立場)をあらたに提起し、反響を呼ぶことになった。[3] 仮にそうととるとすると、子供たちの世界を叙情性豊かに描いた作品、という評価から一転して、それすらも許されぬ過酷な社会的現実に目を据えた作品、という評価に反転することになる。この問題も現在に至るまで未決着なのだが、事態は現実世界のリアリティと、そこからにじみ出てくる非在の世界への憧憬という、この時期の「想」と「実」のありかたそのものに関わってくるものと考えられよう。現世の桎梏(しっこく)が冷徹に見据えられればられるほど、彼岸や郷愁世界への希求が前景化してくることにもなるわけで、代表作『にごりえ』と『たけくらべ』の解釈が今日に至るまで大きく揺れ動き続けているという事実自体が、この両極の振幅そのものを描こうとした、樋口一葉なりの解答になっているのである。

## 4　泉鏡花と国木田独歩

天上ではなく、地上を凝視するまなざしは、確かに一つの時代的な要請でもあった。日清戦争によって得た巨額の賠償金のもと、第一次産業革命に拍車がかかり、資本主義機構の拡大と共に、貧富差などの社会的矛盾が露わになっていくことになる。松原岩五郎『最暗黒の東京』（明治二六年）、横山源之助『日本之下層社会』（明治三二年）などのルポルタージュの流行を背景に、硯友社の作家の中からも、社会の最底辺を凝視する動きが現れ始めていた。広津柳浪『変目伝』（明治二八年）をはじめ、小栗風葉、江見水陰、徳田秋声らもこれに続いて、いわゆる「悲惨小説」「深刻小説」といわれる一連の小説の流行を見るのである。多分に風俗的な関心に流れがちであったこれらの作品に対し、明確な社会批判を掲げる作品も現れ始め、川上眉山の『書記官』*（明治二八年）、泉鏡花の『外科室』（同）など、「観念小説」と呼ばれる作品群が登場することになる。日清戦後の社会状況を批判した内田魯庵の『くれの二十八日』*（明治三一年）もその流れに連なるとみてよいだろう。その延長線上に木下尚江『火の柱』（明治三七年）、『良人の自白』（明治三七～三九年）など、社会主義小説といわれる作品も登場する。これら初期の社会主義小説は、キリスト教の強い影響のもとにあり、多分に人道的な色彩を強く持つ点にその特徴があった。

明治を代表するベスト・セラーといえば紅葉の『金色夜叉』（明治三〇～三五年）と徳冨蘆花の

『書記官』：官僚と資本家との結託を暴く短編小説。
『くれの二十八日』：メキシコ開拓を夢見る夫が、家庭で妻との葛藤に苦しむさまを描く。

『不如帰（ほととぎす）』（明治三一～三二年）があげられるが、主人公貫一が婚約者お宮の裏切りに絶望し、高利貸しになって世間に復讐しようとするありさまを描いた『金色夜叉』、あるいは結核を病んだ新妻が姑の嫁いじめに苦しめられ、夫婦の愛情が引き裂かれていく姿を描いた『不如帰』のいずれも、社会の状況と従来の倫理との摩擦、軋轢（あつれき）がテーマになっており、やはりこの時期の社会小説との共有点を持っている。

泉鏡花（いずみきょうか）は当初硯友社から出発したが、その後観念小説に進み、『照葉狂言（てりはきょうげん）』（明治二九年）あたりから、彼独自の幻想世界へと入っていった。『照葉狂言』は、早くに父母を失い、養伯母にも別れ、孤児になった貢（みつぐ）が、狂言一座の若師匠、小親（こちか）に引き取られ、巡業の旅に出る物語である。八年後に郷里に戻り、幼なじみの雪に会うが、彼女は凶暴な婿養子に苦しめられていた。貢は小親に彼を誘惑させ、別れさせることに成功するのである。「母」なるもの、「姉」なるものへの憧憬という鏡花文学固有のモチーフはすでにここに明らかであろう。

鏡花の代表作として名高い『高野聖（こうやひじり）』（明治三三年）はある旅の僧の若き日の体験談である。飛騨山中で道に迷い、難儀の末に行き着いた峠の小屋には妖艶な魅力をたたえた美女が住んでいたが、女にかしずく動物たちは、実は妖怪である彼女に誘惑された男たちなのであった。次にあげるのは、川で水浴をする僧を女が誘惑する場面である。

（先刻小屋へ入つて世話をしましたので、ぬら〳〵した馬の鼻息が体中へかゝつて気味が悪うござんす。丁度可うございますから私も体を拭きませう、）

と姉弟が内端話をするやうな調子。手をあげて黒髪をおさへながら脇の下を手拭でぐいと拭き、あとを両手で絞りながら立つた姿、唯これ雪のやうなのを恁る霊水で清めた、恁う云ふ女の汗は薄紅になつて流れよう。

一寸々々と櫛を入れて、

（まあ、女がこんなお転婆をいたしまして、川へ落こちたら何うしませう、川下へ流れて出ましたら、村里の者が何といつて見ませうね。）

（白桃の花だと思ひます。）と弗と心付いて何の気もなしにいふと、顔が合うた。

すると、全も嬉しさうに莞爾して其時だけは初々しう年紀も七ツ八ツ若やぐばかり、処女の羞を含んで下を向いた。

私は其まゝ目を外らしたが、其の一段の婦人の姿が月を浴びて、薄い煙に包まれながら向う

『高野聖』（「新小説」明33・5）挿絵

岸の澈（しぶき）に濡れて黒い、滑かな大きな石へ蒼味を帯びて透通つて映るやうに見えた。（十六）

*『眉隠しの霊』（大正一三年）も含め、言文一致で書かれる鏡花の作品の多くが、「いれこ型」と呼ばれる聞き書きの形をとり、外枠の現実から次第に異空間に引き入れられていく構造を持っている点は興味深い。日常のリアリズムの文体でいかに非現実世界を描くかという問題に対する、鏡花なりの解答であったと考えられるからである。この他にも『春昼（しゅんちゅう）』（明治三九年）、『春昼後刻（しゅんちゅうごこく）』（明治三九年）、『婦系図（おんなけいず）』（明治四〇年）、*『歌行燈（うたあんどん）』（明治四三年）など、鏡花はその後昭和一四年に死去するまで、三〇四編にも及ぶ唯美的なロマンを描き続けた。非業の死を遂げた恋人たちが数百年を経て妖怪となって再会する『夜叉ヶ池』（大正二年）、姫路城の天守に住む妖怪と下界の人間とが禁断の恋に落ちる『天守物語』（大正六年）など、その気宇壮大なドラマには、しばしばその土地に根ざした共同幻想がかかわっており、近代の物質文明に対する痛烈なアンチ・テーゼたりえている。鏡花はその後自然主義文学の隆盛の中にあって不遇な時期を過ごしたが、少数の熱狂的な読者に支持され、後代の川端康成や三島由紀夫の文学にも大きな影響を与えた。たとえ三〇〇年後に漱石・鷗外が読まれなくなったとしても、露伴と鏡花は読み継がれていくであろうといわれるゆえんである。

国木田独歩（くにきだどっぽ）の創作活動は一〇年余に過ぎないが、その足跡は、「想」と「実」との振幅をさながらに体現している趣がある。彼は明治三〇年、「嗚呼（ああ）、山林に自由存す」の一句で知られる、*抒情詩人としてデビューした。その出発点にあるのは大自然に対する限りない憧憬なのだが、それがすでに観念に創られた自然であった点には注意が必要であろう。たとえば先の山田美妙の『蝴蝶』の引用（46頁）がある種伝統的な自然観によって立つものであるとするなら、東京を中心に近代都市文明が形成されるに従って自然はそれまでのように人間を慰撫（いぶ）し、心情を投影するものとしてよりも、人事や文明を相対化する概念として理念化されるようになる。それはたとえば宮崎湖処子（みやざきこしょし）が『帰省（きせい）』（明治二三年）において、近代都市の腐敗に対照される、救済としての「故郷」のイメージを創り上げていたこととも呼応していた。一方では、二葉亭の名訳による*ツルゲーネフの『あひびき』（明治二一年）以来、客観的な観察の対象としての「自然」を言文一致の文体で描写していく方法も一般化しつつあった。この時期に徳冨蘆花の『自然と人生』（明治三三年）、独歩の『武蔵野』（明治三四年）が相次いで著されるのは決して偶然ではない。人為と対比される「自然」をことばにしうることが前提となって初めて、形而上のイデーとしてこれを

『眉隠しの霊』：木曽街道奈良井の宿に、眉を剃り落とした美女の亡霊が現れるという怪異小説。
『歌行燈』：桑名の宿で、零落した能楽の鬼才を中心に、妖しい夢幻の世界が現出するさまを描く。
抒情詩人としてデビュー：田山花袋らとの合著『抒情詩』（明治三〇年）に『独歩吟』を発表した。
ツルゲーネフ：一八一八～八三　ロシアの小説家。短編集『猟人日記』（一八五二）を訳した二葉亭四迷の『あひびき』『めぐりあひ』は、大きな反響を及ぼした。

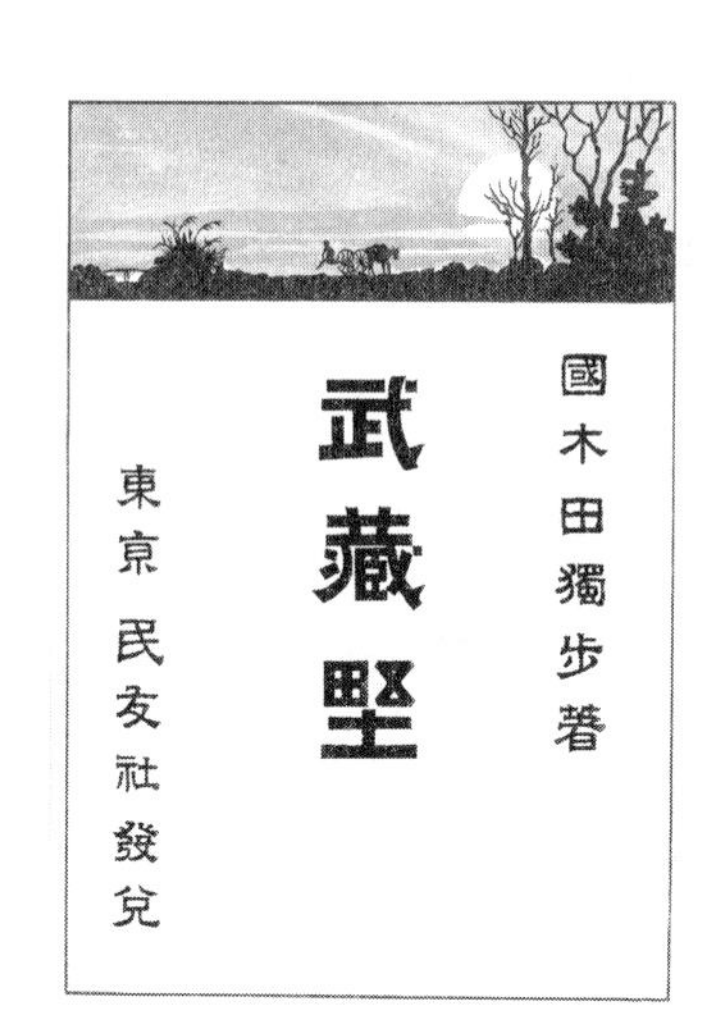

『武蔵野』（明34、民友社）

理念化することも可能になるのである。

独歩の初期の短編『忘れ得ぬ人々』（明治三一年）の根底にあるのはたとえ英雄であっても小民（一市民）であっても、無窮の天地に生を享けた、等価の存在である、という思想であった。

> 僕は今夜のやうな晩に独り夜更て燈に向つてゐると此生の孤立を感じて堪え難いほどの哀情を催ふして来る。その時僕の主我の角がぼきり折れて了つて、何だか人懐かしくなつて来る。色々の古い事や友の上を考へだす。其時油然として僕の心に浮むで来るのは則ち此等の人々である。さうでない、此等の人々を見た時の周囲の光景の裡に立つ此等の人々である。我れと他と何の相違があるか、皆な是れ此生を天の一方地の一角に享けて悠々たる行路を辿り、相携へて無窮の天に帰る者ではないか、といふやうな感が心の底から起つて来て我知らず涙が頬をつたふことがある。其時は実に我もなければ他もない、ただ誰れも彼れも懐かしくつて、忍ばれて来る。

それが『牛肉と馬鈴薯』（明治三四年）になると、少しずつ様相が変わり、かつて理想に燃えていた若者たちが、理想（馬鈴薯）と現実（牛肉）との相克に悩む姿が描き出されることになる。『春の鳥』（明治三七年）は知的障害のある少年の物語だが、彼は近代人の自意識から解放されているがゆえに、素朴に自分が鳥であることを信じ、崖から大空に向けて羽ばたき、結局墜落死してしまう。理念としての自然への一体化はすでにこの時点において死を代償にしなければ成就しなかったわけで、以後、理想への跳躍よりは、それを許さぬ過酷な現実の方へとポイントが移動していくのである。最晩年の『窮死』（明治四〇年）は生活に行きづまり、線路で轢死する労働者の物語であり、『竹の木戸』（明治四一年）は、貧乏な職人夫婦が苦しまぎれに隣家の炭を盗み、噂が立って住みづらくなり、女房が首をくくる物語であった。これらは自然主義が隆盛だった四〇年代初頭の文壇に支持され、独歩の評価を高めたが、それが必ずしも彼の文学の本質であるとは思われない。少なくとも『春の鳥』の少年が失墜した瞬間をもって、おそらく近代の「小説」の歴史は、「想」と「実」との統合という、あるべき大きな可能性の一つを取り落としたのである。以後、時代の趨勢は日常的なリアリズムの追求へと傾いていくことになる。

注

（1）後年の回想、『余が言文一致の由来』（明治三九年）による。明治初期に田鎖綱紀が西洋速記術を日本語に応用し、その弟子たちが円朝の講談速記を行った。

（2）藤村は「文学界」に浪漫的な青春の抒情を文語定型に託した詩編を発表し、これらは『若菜集』

（明治三〇年）にまとめられた。この後彼は写実的な散文のスケッチを試みながら、自然主義の小説家へと転身していく。

（3）『たけくらべ』解釈へのひとつの疑問」（「群像」昭和六〇年五月号）。

# III 自然主義文学と漱石・鷗外

近代小説百数十年の歴史の中にはいくつか大きな転換点があるが、その一つが明治四〇年（一九〇七）を中心とする前後の数年間であったことはまちがいない。「小説といふものは何をどんなに書いても好いものだ。」というのは久々に文壇復帰した森鷗外の言（『追儺』明治四二年）だが、言文一致がようやく一般化すると共に「小説」にまつわるそれまでの概念が大きくゆらぎ、さまざまな表現形態があらたに模索され始めることになる。『吾輩は猫である』（明治三八～三九年）をもって小説家としてスタートした夏目漱石が島崎藤村の『破戒』（明治三九年）の文章の新しさをいち早く評価していたように、文学思潮や流派の対立といった観点からでは必ずしも整理しきれない可能性が、この時期の小説には胚胎していたのである。

## 1 『破戒』と『蒲団』

試みにまず、島崎藤村の『破戒』の冒頭部分を挙げてみることにしよう。

蓮華寺では下宿を兼ねた。瀬川丑松が急に転宿を思ひ立つて、借りることにした部屋といふのは、其蔵裏つゞきにある二階の角のところ。寺は信州下水内郡飯山町二十何ヶ寺の一つ、真宗に付属する古刹で、丁度其二階の窓に倚凭つて眺めると、銀杏の大木を経てて、飯山の町の一部分も見える。さすが信州第一の仏教の地、古代を眼前に見るやうな小都会、奇異な北国風の屋造、板葺の屋根、または冬期の雪除として使用する特別の軒庇から、ところ〴〵に高く顕れた寺院と樹木の梢まで――すべて旧めかしい町の光景が香の烟の中に包まれて見える。

（第壱章）

この作品はまず何よりも冒頭の一文に象徴される、その直截で清新な言文一致の文体が大きな反響を呼んだ。一見全能的なまなざし（神のごとき客観的な視点）によって俯瞰されているかのように見えながら、一方では、「丁度其二階の窓に倚凭つて眺めると、」という一節から視点が一登場人物に変換し、その人物の見えたとおりの風景を遠近法的に語る形がとられている。それにしても、「さすが信州第一の仏教の地」というのは、そもそも誰の判断なのであろうか。語り手と主人公丑松のどちらともとれるような二重性がそこにはあるわけで、一般的な事実の提示と、それが一登場人物にとってどのように捉えられ、把握されていくのか、という主観とが重層性をもって語られていく点にその特色があるわけである。背景には前章に述べた自然観の変化があり、それまでの擬人化された、人間心理の投影としての「自然」が、人為と対立する存在として客観的に捉えられるようになって初めて、こうした重層化した表現が可能になったものと考えられよう。『破戒』は不当な社会的差別に苦悩する主人公の姿を描いた作品として知られるが、個人とそれを取り巻く社会との葛藤、という物語の内容もまた、こうしたまなざしの二重性――客観的な環境を主人公がどのように自らのものにしていくかという課題――と決して別のものではなかったはずなのである。

島崎藤村

蔵裏：住職や家族の居間。
古刹：歴史と由緒のある寺。

『破戒』に続き、当時の文壇に決定的な影響を与えたのが田山花袋(かたい)の『蒲団(ふとん)』(明治四〇年)であった。主人公竹中時雄は中年の妻子ある小説家で、若い女弟子の芳子(よしこ)に密かな欲望を感じつつ、その監督者を任じている。芳子には恋人がおり、時雄は嫉妬を隠しながら、監督の名目のもとに、結果的に二人の仲を引き裂くことになる。芳子は失意のうちに帰郷するのだが、その後彼は芳子が下宿していた二階の部屋に行き、彼女の使っていた蒲団の移り香を嗅ぐところで小説は終わるのである。問題の結末の部分を抜粋してみることにしよう。

大きな柳(やなぎごう)行李(り)が三箇細引(*ほそびき)で送るばかりに絡(から)げてあつて、其向うに、芳子が常に用ひて居た蒲団——萌黄(もえぎ)唐草(からくさ)の敷蒲団と、綿の厚く入つた同じ模様の夜着(よぎ)とが重ねられてあつた。時雄はそれを引出した。女のなつかしい油のにほひと汗のにほひとが言ひも知らず時雄の胸をときめかした。夜着の襟の天鵞絨(びろうど)の際立つて汚れて居るのに顔を押付けて、心のゆくばかりなつかしい女の匂ひを嗅(か)いだ。

性慾と悲哀と絶望とが忽(たちま)ち時雄の胸を襲つた。時雄は其の蒲団を敷き、夜着をかけ、冷めたい汚れた天鵞絨の襟に顔を埋めて泣いた。

薄暗い一室、戸外(おもて)には風が吹き暴れて居た。(十一)

この一節は当時センセイショナルな反響を呼び起こし、「作者の心的閲歴または情生涯をいつ

明治四十年十月の卷　本欄

## 『蒲團』合評

「蒲團」は九月の「新小説」に掲載された田山花袋氏の作で、短篇とは云ひながら、七十八頁に亘つた作である。主人公の名は竹中時雄と云ふ三十四五の文學者、單調なもの憂い社會生活、子供の三人もある上に新婚の快樂も覺め盡した而も無趣味な家庭生活――要するに生活の疲勞、倦怠、不滿に苦んで居る彼は、折から自分を慕うて來た若い女弟子に戀する。而も生來自意識が強くて万事に惑溺する事の出來ない彼は、一方に性慾、一方に德義と云ふ矛盾の間に立ちて更に激しい煩悶を感ずる、躊躇逡巡の果ては、遂にその若き女弟子までを他人に奪はれる、嫉妬する、苦しむ、泣く――これが作の粗筋であるが、作者は寧ろ其れ等の事件結構に重きを置かず、主としてその中年の戀の經路を心理的に描かうとして居る。近來喧まい自然派の傾向が、或度までは代表的に出て居る。加之近時の此派の小説には片々たる短篇が大部分を占めて居るのに比して、量に於ても内容に於ても、立ちすぐれて著しい所がある。これが吾等の合評を企てた所以である。

小栗風葉

布團は田山君の傑作であるばかりでは無く去年來所謂自然派小

『蒲団』合評（「早稲田文学」明40・10）

はらず飾らず告白し発表し得られた」というその「態度」（*小栗風葉（おぐりふうよう）「『蒲団』合評」、「早稲田文学」明治四〇年一一月）が高く評価された。「薄暗い一室、戸外には風が吹き暴れて居た」という結末の一行からも明らかなように、そこには周囲の自然と登場人物の視点との落差が示されることによって一応先に指摘したような二重性がめざされていたはずなのだが、一般の反響はもっぱら作者の実生活の「告白」という一点に集中してしまうのである。先の『破戒』もまた、被差別部落に対する「社会（よのなか）」の偏見を告発していくモチーフが、「告白」による主人公の自己救済のモチーフによって覆い隠されてしまう曖

細引：麻を縒（よ）り合わせた細い丈夫な縄。
小栗風葉：尾崎紅葉門下の小説家。明治三〇年代に文壇の一線で活躍した。『青春』（明治三八～三九年）など。

味さを抱え込んでいた。『破戒』と『蒲団』は日本における自然主義文学の記念すべき先駆けでもあるのだが、本来「告白」*はロマン主義文学の特色であったはずであり、自然主義文学の理念がかなり歪んだ形で受容されることになった証なのではないか、という批判が、これまでしばしばなされてきたのである。

本来自然主義とは、自然科学、すなわちニュートン以来の近代科学の実証精神を文学に取り入れていくことをめざす欧州の文学思潮を指しており、ヨーロッパは、すでに一九世紀の半ばにロマン主義から自然主義へ、という大きな転換を経験していた。背景には一八世紀以降の産業革命があり、科学文明が日進月歩の時代に文学だけが誇張や自己主張に自足していてよいのか、という批判が一斉にわき起こったのである。たとえばフランスの自然主義を代表するエミール・ゾラ*は自作『テレーズ・ラカン』*の序文において、悪徳も美徳も硫酸鉛や砂糖と同じ合成物である、という歴史家テーヌ*のことばを引き、人間の感情や性格をさまざまな因子の化合物として分析していくのが小説家の責務である、とし、自分は外科医が死体を解剖するようにこの小説を書くのだ、と述べている。日本にゾライズムが本格的に入ってくるのは明治三〇年代の半ばなのだが、「自然は自然である。善でも無い、悪でも無い、美でも無い、醜でも無い」という小杉天外*の見解(『はやり唄』叙、明治三五年)と、動物の一種としての人間が持つ暗黒面の暴露に力点を置く永井荷風(かふう)のそれ(『地獄の花』跋文、同)との間にはすでに大きなニュアンスの違いがあった。わが国の場合はともすれば後者の「真相の暴露」へと傾斜していく趣があり、「正確に」という理念はともすれば「正直に」という徳目に置き換えられ、本来ロマン主義的な要素である自己主張が、逆に自然主義文学の特色として表出することになったのである。

この奇妙な倒錯の背景には、たとえば自然主義作家、フローベール*の代表作『ボヴァリー夫人』*と『蒲団』との間の半世紀に及ぶタイム・ラグがあり、ロマン主義的要素が散文で充分に発達せぬままに自然主義を迎えてしまった事情についてもしばしば指摘されてきた。しかし一方で西欧文学の基準から日本の前近代性を批判していく論点には限界があることも確かで、自己の内なる自然と外なる大自然との感応という、すぐれて東洋的な生命観がその背景にはあったことも考えておかなければならない。たとえば左に挙げる『蒲団』の一節は、時雄が芳子に嫉妬を感じる心情を自ら分析するくだりである。

---

ロマン主義：ヨーロッパの文芸思潮。古典主義に反逆し、感情、空想、主観、個性を重視する。
エミール・ゾラ：一八四〇〜一九〇二　フランスの小説家。
『テレーズ・ラカン』：Thérèse Raquin　一八六七年。
テーヌ：一八二八〜九三　フランスの歴史哲学者、批評家。
小杉天外：主に明治二〇年〜三〇年代に活躍した小説家。永井荷風と共にゾラの紹介者として知られる。
フローベール：一八二一〜八〇　フランスの小説家。当初ロマン主義から出発したが、のち自然主義に転じ、その代表的な存在となった。
『ボヴァリー夫人』：Madame Bovary　一八五六年。フランスの小村の主婦が、情夫を持ったのをきっかけに、やがて金を使い込んで窮地に陥り、自殺するまでを追った長編小説。

田山花袋

悲しい、実に痛切に悲しい。此の悲哀は華やかな青春の悲哀でもなく、単に男女の恋の上の悲哀でもなく、人生の最奥に秘んで居るある大きな悲哀だ。行く水の流、咲く花の凋落、此の自然の底に蟠れる抵抗すべからざる力に触れては、人間ほど儚い情ないものはない。（四）

こうした宗教的な諦観は晩年の大作、『百夜』（昭和二年）に至るまで花袋に一貫しているのだが、自己の内なる「自然」を観ずることによって普遍的真理に到達せんとする発想は、程度の差はあってもこの時期の小説家たちに少なからず共通するものであった。『文芸上主客両体の融会』（相馬御風、明治四〇年）、『自然主義の主観的要素』（片上天弦〈伸〉、明治四三年）といった自然主義関係の評論にうかがえるように、むしろ西洋的な客観主義を超える発想が、この時期の描写論議には秘められていたのである。

## 2　芸術と実生活

花袋は「単に作者の主観を加へないのみならず、客観の事象に対しても少しもその内部に立入らず、又人物の内部精神にも立入らず、たゞ見たまゝ聴いたまゝ触れたまゝの現象をさながらに描く」という「平面描写」論を唱えている（『「生」に於ける試み』明治四一年）。『蒲団』においても視点は決して時雄だけに密着しているわけではなく、芳子や、時雄の細君の心理にも割かれていた。また、「告白」とは無縁の、たとえば『田舎教師』（明治四二年）のような、田舎に朽ちていく前途有望の若者の運命を淡々と描き出した客観小説も同時に執筆している。しかし実生活を掘り下げることによって普遍をめざすモチーフは、『蒲団』以後、『生』（明治四一年）、『妻』（明治四一～四二年）をはじめ自らの肉親の生きざまを凝視する方向へと進んでいき、結果的にその後の「私小説」への道を切り開くことになるのである。

こうした「私小説」への傾斜は藤村にあっても例外ではなく、『蒲団』の反響に影響された藤村が、長編第二作の『春』（明治四一年）の構想を半

『春』（明41・10、上田屋）

ばで変更した可能性についてもしばしば指摘されている。語り手は特定の人物だけに肩入れしたり、視点を密着させるだけではなく、かつての「文学界」の同人たちの青春群像をトータルに俯瞰する視点も一応は確保されているのだが、青木（モデルは北村透谷）の自殺をきっかけに、以後はより岸本（モデルは藤村自身）に密着するようになり、結末は彼が一人仙台に旅立つ、次のような場面で結ばれることになるのである。


汽車が白河を通り越した頃には、岸本は最早遠く都を離れたやうな気がした。寂しい降雨の音を聞きながら、何時来るとも知れないやうな空想の世界を夢みつゝ、彼は頭を窓のところに押付けて考へた。

『あゝ、自分のやうなものでも、どうかして生きたい。』

斯う思つて、深い〳〵溜息を吐いた。玻璃窓の外には、灰色の空、濡れて光る草木、水煙、それからションボリと農家の軒下に立つ鶏の群なぞが映つたり消えたりした。人々は雨中の旅に倦んで、多く汽車の中で寝た。

復たザアと降つて来た。（百三十二）

「自分のやうなものでも、どうかして生きたい。」という一節は、実はこの前後に明確な説明があるわけではなく、いささか唐突の感はまぬがれない。個人の切実さの凝視と、全体を客観的に語る語りが混在しているために、結果的には、かえって岸本の苦悩が特権化されてしまうことにもなるのである。藤村の長編にはこうした仕掛けが随所に潜んでおり、作者をモデルにした主人公にとって都合の悪い心理が巧妙に隠蔽されたり、説明抜きにある種の心理が前提にされてしまうケースが多い。こうしたしたたかな操作にこそ、実は彼の小説の大きな特色があったわけである。

その後、田山花袋の「平面描写」論に対して岩野泡鳴（いわのほうめい）*の「一元描写」論（特定の人物の視点から物語を語っていく形）がむしろ主流となり、語り手が主人公を兼ねる形が多くなるのに伴って語りの視点の二重性は次第に減少し、「私小説」への道が切り開かれていくことになる。

ちなみにその後の「私小説」の展開の中で重視されたのは、芸術と実生活、作品と題材との距離をいかに近づけるか、という課題であった。過去の事件を安全な立場から報告するのではなく、作品を書くことが同時に事件に密接に関わるような展開が理想とされるようになるのである。たとえば藤村は妻を喪った後、明治の終わりから大正の半ばにかけ、同居していた姪との禁断の関係に苦悩し、告白による解決をめざして『新生（しんせい）』（大正七〜八年）を発表している。新聞への連載が始まった時点ではまだ事件は未解決であり、いわば先手を打って世間に事実を公表し、その反響を利用して危機を解決することがめざされたわけである。ここからやがては執筆のために生活

---

岩野泡鳴：一元描写論としては、「現代将来の小説的発想を一新すべき僕の描写論」（大正七年）が著名。

に意図的に危機を創り出す傾向も現れ、自然主義系統の作家たちの多くは自己破滅型の私小説(1)へと傾斜していくことになる。

こうした一連の文学現象の背景には、明治二、三〇年代、*笈を負って上京したはずの若者たちが東京の生活で味わう挫折と絶望があったことは明らかであろう。封建的な「家」の桎梏と闘い、地方から上京する若者が東京で貧困生活を送り、作家志望を果たせぬまま病（多くの場合結核）にかかり、さらにはそのプロセス自体を読者に実践報告していく、という形は日本の自然主義文学の最も普遍的なパターンでもあった。なお、その後の藤村は、自らの出自である中山道馬込の宿の*旧家をモデルにした『家』（明治四三年）へと筆を進め、晩年の大作『夜明け前』（昭和四～一〇年）、『東方の門』（昭和一八年、中絶）に至る過程で、旧家の「血」の宿命を通して「近代」そのものを歴史的に問い直すテーマを獲得していくことになるのである。

## 3　自然主義と写生文の動向

ここで藤村、花袋以外の主な自然主義作家として、徳田秋声、正宗白鳥、岩野泡鳴の三人を挙げておきたい。徳田秋声はもとは*硯友社から出発しているが、新開地の酒屋夫婦の生活を描いた『新世帯』（明治四一年）、はま夫人の前半生を描いた『足迹』（明治四三年）、私小説的な要素の強い『黴』（明治四四年）、元娼妓の愛欲の葛藤を描いた『爛』（大正二年）などによって文壇の地位を確かなものとした。市井に生きる庶民の姿を無理想無解決という自然主義の理念に基づいて淡々と描き出すその筆致は、藤村、花袋よりもかえって「客観的」な描写を実践している趣がある。大正期の代表作は『あらくれ』(大正四年)で、勝ち気な庶民の女がしたたかに生き抜いていく姿が生き生きと描き出されており、自然主義の最も高度な達成といえよう。大正の末に妻を亡くしたあと、文学志望の女性、山田順子との交渉がきっかけになって再び創作が活発化し、一連の「順子もの」の総決算ともいうべき晩年の『仮装人物』(昭和一〇~一三年)、さらには芸妓との交渉を描いた『縮図』(昭和一六年)に至るまで、息の長い創作活動を続けていくのである。

正宗白鳥はある意味では無理想、無解決、無条件という自然主義の理念を典型的になぞった小説家といえよう。虚無的、厭世的な主人公をニヒルに突き放すように描き出していく筆致に特色があり、『何処へ』(明治四一年)、『入江のほとり』(大正四年)等でその評価を確立した。また、

笈:竹で編んだ背負いの箱。笈を負うとは、郷里を出て立身をめざすことを言う。
旧家:島崎家は本陣、問屋、庄屋を兼ね、父正樹はその一七代目の当主であった。
硯友社:第Ⅱ章42頁を参照。
無理想、無解決、無条件:はっきりした解決や作者の理想を表に出さず、現実をありのままに描くことをさす(島村抱月『自然主義の価値』明治四一年)。
『何処へ』:将来に希望を抱けず、倦怠の日々を送る青年の姿を虚無的に描く。
『入江のほとり』:郷里岡山の漁村の旧家(生家)を舞台に、父と子たちの亀裂を描く。

『吾輩は猫である』（明38～40、大倉書店）　装幀は橋口五葉

岩野泡鳴（ほうめい）は自己主張を前面に押しだしていく点にその特色があり、「私小説」への道を開くのに大きな役割を果たした。実質的な文壇デビュー作『耽溺（たんでき）』（明治四二年）は、旅先で土地の芸者に深入りして身請けせざるを得なくなり、妻子の衣類を質に入れたものの、やがて相手が梅毒であることを知り、冷酷に捨てる、という内容である。その後「泡鳴五部作」*として知られる連作を書き継ぐが、ほぼ実体験に即した内容で、自分の経営する下宿にいたお鳥という女と関係ができ、家庭が混乱したので樺太、札幌へ逃れ、心中未遂などの経緯を経て、盛岡でようやく相手を捨てることができて安堵する、という展開をたどっている。この他にも『別れたる妻に送る手紙』*（明治四三年）、その続編ともいうべき『疑惑』（大正二年）等を著した近松秋江（ちかまつしゅうこう）、短編の連作小説集『南小泉村』（明治四〇年）で東北農村の貧困をえぐり出した真山青果（まやませいか）などを数えることができよう。

正岡子規（まさおかしき）は写生論の提唱を俳句、短歌で実践したのち、これを散文に及ぼし、明治三〇年代の前半に写生文運動を起こした。言文一致の平明な表現をめざしたもので、自然主義と平行しつつ、なおかつそれとは性格を異にする一系統を形づくっている。子規没後、俳人系では門下の高浜虚子が、自ら主宰する俳誌「ホトトギス」に『*斑鳩物語』（明治四〇年）をはじめとする一連の小説を発表した。これに先立ち、やはり写生文の試みとして同誌に連載されたのが夏目漱石『吾輩は猫である』（明治三八～三九年）であり、好評を博して連載を延長したことが漱石の作家生活のスタートになった。

寺田寅彦（吉村冬彦）の『団栗』（明治三八年）、鈴木三重吉の『千鳥』（明治三九年）はいずれも漱石の影響のもと、「ホトトギス」に発表された作品である。『団栗』は一九歳で死亡した妻の回想であり、『千鳥』も幼時の郷愁を綴った内容であることからわかるように、写生文の題材は書き手の現在からの距離を前提としており、こうした傾向が自然主義の陣営から批判を浴びることになった。これに対し、漱石は虚子の創作集『*鶏頭』（明治四一年）の序文で、「余裕から生ずる低回趣味」としてこれを逆に評価し、擁護してみせている。その具体的な実践でもある、『草枕』（明治三九年）の一節を引いてみることにしよう。


---

「泡鳴五部作」：『放浪』『断橋』『発展』『毒薬を飲む女』『憑き物』（明治四三～大正七年）。

『別れたる妻に送る手紙』：家出した妻への未練を綿々と綴った書簡体小説。ほぼ作者の実体験が踏まえられている。

『斑鳩物語』：法隆寺近くの宿で見聞した、宿の女と若い僧との恋の物語。

『鶏頭』：『斑鳩物語』など一〇編を収めた短編集。

恋はうつくしかろ、孝もうつくしかろ、忠君愛国も結構だらう。然し自身が其局（そのきょく）に当ればば利害の旋風（つむじ）に捲（ま）き込まれて、うつくしき事にも、結構な事にも、目は眩（くら）んで仕舞ふ。従つてどこに詩があるか自身には解（げ）しかねる。
　これがわかる為めには、わかる丈（だけ）の余裕のある第三者の地位に立たねばならぬ。三者の地位に立てばこそ芝居は観て面白い。小説も見て面白い。芝居を見て面白い人も、小説を読んで面白い人も、自己の利害は棚へ上げて居る。見たり読んだりする間（あいだだけ）丈は詩人である。（一）

現実から一歩引き、「非人情」の世界に身を置くことによってはじめて詩的抒情が立ち上がってくるという主張なのだが、それを説く主人公の画工自身は、結局最後まで実際に画を完成することはできなかった。日常的なリアリズムに徹するばかりでは詩的抒情を表現することはできず、そうかといって「余裕のある第三者の地位」に立つばかりでは現実の本質には肉薄できない。そこには「写生」という考え方に潜む本質的な二律背反が内在していたわけで、以後漱石自身も、長編小説で現実のアクチュアルな問題に立ち向かうに従って次第にこうした「余裕」からは離れ、写生文の運動自体もほどなく終息していくことになる。

ただし「現実暴露」を標榜した自然主義とは別に、いわば抒情的な散文の系譜というのは確実にその後も続くわけで、子規門下の歌人系統の写生文の成果である伊藤左千夫（さちお）の*『野菊の墓』（明治三九年）から、さらに室生犀星（むろうさいせい）の*『幼年時代』（大正八年）、『性に目覚める頃』（同）に至る流れをここに指摘しておくことができよう。短編中心だった写生文にあって、長塚節(たかし)の長編小説『土』(明治四三年)は数少ない例外で、貧困、堕胎をはじめとする貧農の生活と、悪意の噂が主人公の小作人を追いつめていく過程が骨太なリアリズムによって剔抉(てっけつ)され、主観的抒情をただよわせた独自の「写実」のあり方を体現してみせている。

## 4 漱石と鷗外

イギリス留学から帰国した漱石は、明治四〇年、東京帝国大学の職を辞し、職業小説家として東京朝日新聞社に入社する。英文学者としての道を断念し、四〇歳になってからの、小説家としてははなはだ遅いデビューであった。

漱石文学の大きな特徴の一つは、『現代日本の開化』(明治四四年)で知られる近代文明批評である。物質文明が急速に発達を遂げていくなかで精神がその内発性を奪われ、なおかつそのこと自体に無自覚な近代人の悲劇は、『三四郎(さんしろう)』*(明治四一年)ではたとえば広田先生の鋭利な批判と

『野菊の墓』：恋人の死を看取る、純情可憐な物語として広く知られる。伊藤左千夫の小説第一作。
『幼年時代』：郷里金沢での少年期を抒情性豊かに綴った自伝小説。『性に目覚める頃』と連作の関係にある。

夏目漱石

なって表れていた。しかしその広田先生も所詮は生きた現実とは交渉を持たない批評の人でしかない。次作『それから』（明治四二年）の主題もまた、批評を代償に現実から疎外されていく人間の悲劇であった。主人公代助は「高等遊民[2]」として社会批判を展開し、かつて友人に譲った恋人を奪い返そうとするのだが、結局は社会人として破滅してしまう。主人公代助が発見していく「自然の愛」という理念自体が、実はすぐれて人工的な、意識の産物でしかなく、代助は最後までその矛盾には気付かぬまま、自らに復讐されてしまうのである。

一方で漱石は『*坑夫』（明治四一年）、『*夢十夜』（同）など、人間の無意識の中にある暗部を掘り下げていく傾向を早くから持っていた。いわゆる前期三部作（『三四郎』『それから』『門』）においても、主人公の意識と、それを根底から突き崩していく〝何か〟への予感を描き分けていく姿勢は一貫している。漱石は明治四三年に持病の胃潰瘍が悪化し、一時危篤になるのだが、このいわゆる「修善寺の大患」以降、こうした傾向は次第に、近代個人主義と、それをさらに外側から相対化しようとする力との対比に姿を変えていくことになる。『*行人』（大正元～二年）の主人公一郎の述懐を引いておくことにしよう。

僕は明かに絶対の境地を認めてゐる。然し僕の世界観が明かになればなる程、絶対は僕と離れて仕舞ふ。要するに僕は図を披いて地理を調査する人だつたのだ。それでゐて脚絆を着けて山河を跋渉する実地の人と、同じ経験をしようと焦慮り抜いてゐるのだ。

（「塵労」四十五）

「損も得も要らない。善も悪も考へない、たゞ天然の儘の心を天然の儘顔に出してゐる事」（「塵労」三十三）を理想としながらそれを結局は阻んでしまう近代人の自意識こそが、漱石文学の大きなテーマであったとみるべきであろう。『私の個人主義』（大正三年）を講演したのはほぼこれと同じ時期であったが、少なくとも実作に照らす限り、漱石は決して西洋個人主義を至上のもの

『三四郎』：熊本から上京し、帝大に入学した三四郎を主人公に、美禰子と恋人の野々宮、年配の英語教師広田らが登場する。
『坑夫』：青年の炭坑での過酷な体験の記録。一人称で内面の心理が掘り下げられている。
『夢十夜』：一〇編の夢から成る。個々の挿話を通して人間存在の暗部が追求されている。
『行人』：主人公の一郎は学者だが、妻との亀裂に苦しみ、自己の絶対性を追い求める中で孤独を深めていく。

とは信じていない。

書きかけでたおれた最後の長編『明暗』（大正五年）は、津田とお延という新婚間もない夫婦が、互いにうちに秘めているエゴイズムを呵責なく暴き出している。

> 利巧な彼は、財力に重きを置く点に於て、彼に優るとも劣らないお延の性質を能く承知してゐた。極端に云へば、黄金の光りから愛其物が生れると迄信ずる事の出来る彼には、何うかしてお延の手前を取繕はなければならないといふ不安があつた。（略）少くとも彼女に対する内と外には大分の距離があつた。眼から鼻へ抜けるやうなお延にはまた其距離が手に取る如くに分つた。必然の勢ひ彼女は其所に不満を抱かざるを得なかつた。然し彼女は夫の虚偽を責めるよりも寧ろ夫の淡泊でないのを恨んだ。彼女はたゞ水臭いと思つた。何故男らしく自分の弱点を妻の前に曝け出して呉れないのかを苦にした。仕舞には、それを敢てしないやうな隔りのある夫なら、此方にも覚悟があると一人腹の中で極めた。　（百十三章）

語り手は時にエゴイズムという名の「小さな自然」と、周囲の人々との関係すべてを含む「大きな自然」とのギャップ、という説明を試みたりもしている（百四十七章）。「自然」という語は*『道草』（大正四年）以降、とみに重要性を増すキーワードなのだが、日本の近代作家の多くが自己の内なる「自然」を通して大自然と一体化することを理念としたのに対し、漱石が最後までそれを阻む自意識の悲劇を描き続けた事実は重要であろう。

漱石の小説の中でも今日最も多くの読者を獲得している『こころ』（大正三年）は、一人の女性をめぐって友人を死に追いやった「先生」が、過去の罪を胸に二十数年後に自裁を遂げる物語である。過去の倫理を生きる「先生」と、その心の扉を開こうとする学生の「私」との二つの世代の対比が作品の枠組みを形作っているのだが、「先生」は明治天皇の死と乃木大将の殉死をきっかけに、この世との訣別の覚悟を固めることになる。その背景には漱石と、漱石山房に集まった弟子たち、すなわち森田草平、小宮豊隆ら、のちに大正期教養派と呼ばれる新世代の若者たちとの価値観の差異があり、『こころ』の先生は最期まで西

『明暗』絶筆部分

『道草』：漱石が留学から帰った時期を主に扱った自伝的な作品。

欧個人主義への違和を胸に、「*自由と独立と己れとに充ちた現代」に異を唱え続けることになるのである。

森鷗外は日清戦争後、近衛師団軍医部長から九州小倉の地に左遷されるが、日露戦争を機に帰京、戦後、陸軍省医務局長という、軍人としても医者としても最高位のポストについた。この最も激務にあった明治四一年に鷗外は文壇復帰し、『*青年』（明治四三〜四四年）、『*雁』（明治四四〜大正二年）など言文一致による現代小説を書き始めるのである。二葉亭四迷もまたこの時期久々に文壇復帰して『平凡』（明治四〇年）を著し、その中で「近頃は自然主義とか云つて、何でも作者の経験した愚にも付かぬ事を、聊かも技巧を加へず、有りのままに、だらだらと、牛の涎のやうに書くのが流行るさうだ。」という皮肉を述べている。これもやはり鷗外が自然主義を意識して『*ヰタ・セクスアリス』（明治四二年）を書いている事実と呼応しており、「ありのままに書く」という理念が、この二人の執筆意欲をそれぞれの角度から刺激することになった事情をうかがわせる。

漱石と鷗外を結ぶ共通点は、やはりここでも近代個人主義を越える〝何か〟への密かな憧憬であると言ってよい。『三四郎』に刺激されて書いたと言われる、『青年』の一節を挙げてみることにしよう。

個人主義は個人主義だが、ここに君の云ふ利己主義と利他主義との岐路があるゝ。利己主義の側はニイチエの悪い一面が代表してゐる。例の権威を求める意志だ。人を倒して自分が大きくなるといふ思想だ。人と人とがお互にそいつを遣り合へば、無政府主義になる。そんなのを個人主義だとすれば、個人主義の悪いのは論を須たない。利他的個人主義はさうではない。我といふ城廓を堅く守つて、一歩も仮借しないでゐて、人生のあらゆる事物を領略する。君には忠義を尽す。併し国民としての我は、昔何もかもごちやごちやにしてゐた時代の所謂臣妾ではない。（略）忠義も孝行も、我の領略し得た人生の価値に過ぎない。（二十）

ここには「個人」と「国家」との関係をめぐる、明治の一知識人のギリギリの心情が告白されている。かつて『舞姫』*で語られていたのは「我」なるものが最後まで明確に捕捉できない青年の苦悩であったが、『妄想』*（明治四四年）で語られているのもまた、西洋個人主義をついに血肉

「自由と独立と己れとに充ちた現代」：『こころ』第十四章の「先生」のことば。こうした現代に生きる我々は、「寂しみ」を味わわなければならない、とある。

『青年』：小説家志望の青年が、芸術家や人妻と交渉を持つ中で、自らの立脚点を見出していく青春小説。

『雁』：大学生岡田と妾のお玉とのあわい交情を描く。

『キタ・セクスアリス』：鷗外をモデルにした哲学者金井が、自身の性欲史を自伝的に綴る。

『舞姫』：第Ⅱ章39～42頁を参照。

森鷗外（晩年）

化することができなかったという、痛切な思いなのであった。

明治四三年にいわゆる大逆事件があり、幸徳秋水ら、社会主義者を中心に一二名が暗黒裁判によって死刑になる事件があったが、山県有朋のブレーンでもあった鷗外は、一方で『かのやうに』（明治四五年）をはじめとする一連の小説で神話と歴史の問題を取り上げ、虚構としての「国体」という、折衷的な立場を主題化している。*『百物語』（明治四四年）の主題からもうかがえるように、伝統的な共同体意識と西洋個人主義との折衷がいかにして可能か、という問題意識がこの時期の大きなテーマであったことはまちがいない。漱石と同様、乃木希典の殉死に大きな衝撃を受けた鷗外は、以後、現代小説の筆を断って*『興津弥五右衛門の遺書』（大正元年）、『阿部一族』（大正二年）をはじめとする歴史小説の世界へと参入していく。それはいわば、彼なりの「自由と独立と己れとに充ちた現代」（漱石『こころ』）への異和の表明――共同体への回帰のかたち――であったわけで、以後大正一一年に死去するまで、*『渋江抽斎』（大正五年）をはじめとする史伝の世界を開拓していくことになるのである。

注

（1）「自己破滅型」というタームは、平野謙『芸術と実生活』（昭和三三年）による。平野によれば、作者は自らの実生活を題材とする限り、それを描き尽くした後に今度は意図的に生活に「危機」をつくり出さなければならぬ宿命を背負うのであるという。

（2）経済的余裕があって職に就かず、独自の教養と審美観を持ち、社会批判を展開しうる人間像を指す。『彼岸過迄』も含め、漱石はこうした人物設定をしばしば用いた。

『妄想』：白髪の翁がドイツ留学前後の自身の精神的な遍歴を振り返る。
『百物語』：川開きの夜に交代で怪談を語り合う体験談からなる。
『興津弥五右衛門の遺書』：細川家に仕えた弥五右衛門の殉死の記録。
『渋江抽斎』：津軽藩の医官でもあり、考証学者でもある渋江抽斎の伝記的考証。

# Ⅳ　大正文壇の成立

自然主義文学が文壇を席巻していたのは実質的には明治四〇年（一九〇七）から四三年前後までのわずか数年間のことで、ほぼ時を同じくして、すでにこれに反発する新しい動きが活動を開始していた。反自然主義として概括されるこれらのグループは、耽美派、白樺派、新思潮派（新理知派、新技巧派）の三派に分けられるのが一般である。その後も脈々と続く自然主義の系譜と合わせ、実質的にはこれら四つの潮流が、その後の大正時代の文壇を主導していくことになる。一見異なる文学観に見えながら、そこには独自の人格主義、芸術至上主義が共通して流れており、必ずしも個々の流派の枠に囚われずに、共通点と相違点の双方から、この時期の文学を見つめ直してみる必要があるだろう。

## 1　耽美派の誕生

与謝野鉄幹(よさのてっかん)、晶子夫妻が中心であった雑誌「明星(みょうじょう)」は、明治四一年、北原白秋、木下杢太郎(もくたろう)、長田(ながた)秀雄ら新世代の若手詩人たちが同人を脱退したことがきっかけとなって、百号に及ぶその歴史を閉じた。白秋たちは美術雑誌「方寸(ほうすん)」の画家たちと芸術サロン、「パン（牧羊神(ぼくようしん)）の会」を発足させ、高踏的な芸術談義によって親睦(しんぼく)を深めていく。隅田川河畔をセーヌになぞらえて集まった事実に象徴されるように、彼らが追い求めたのは日常的な写実主義とは一線を画す異国情緒であり、芸術即人生と考える自然主義の対極にある、独自の芸術至上主義であった。いわゆる耽美派の拠点がここに形成されたわけだが、やがて彼らは森鷗外と上田敏(びん)をパトロン格に雑誌「スバル」を創刊し（明治四二年）、さらに翌四三年に永井荷風(かふう)が慶應義塾大学に招聘されて「三田文学」を創刊するに及び、時代の一大勢力へと育っていくのである。

「三田文学」創刊号（明43·5）

彼らは「退廃」や「悪」の中に潜む、妖しくも不可思議な美の力に着目し、美は快楽の中にこそある、という信念のもとに、人工的、都市的な情緒へと沈潜した。自然主義文学が封建的な「家」の桎梏(しっこく)に苦しむ、地方から上京した青年たちに支えられていたのに対し、耽美派は文明を享楽する都会派の文学としてこれに対比することもできよう。既成道徳や因襲への反逆、という点では自然

第五版すみだ川之序
小說すみだ川を草したのはもう四年ほど前の事である。外國から歸つて來た其當座一二年の間は猶かの國の習慣が拔けないために、毎日の午後といへば必ず愛讀の書をふところにして散歩に出かけるのを常とした。然しわが生れたる東京の市街は既に詩をよろこぶ遊民の散歩場ではなくて行く處としてこれ戰亂後新興の時代の修羅場たらざるはない。其の中にも猶わづかにわが曲りし杖を留め、疲れたる歩みを休めさせた處は矢張いにしへの唄に殘つた隅田川の兩岸であつた。隅田川は其の當時目のあたり眺める破損の實景と共に、子供の折に見覺えた朧ろなる過去の景色の再來と子供の折から聞傳へてゐたさま〴〵の傳說の美とを合せて、云知れぬ音樂の中に自分を投込んだのである。既に全く廢滅に歸せんとしてゐる昔の名所の名殘ほど自分の情緒に對して一致調和を示すものはない。自分はわが目に映じたる荒廢の風景とわが心を傷むる感

『すみだ川』五版序（大2、籾山書店）

主義と共通点を持っているが、「ありのまま」の現実の暴露、というリアリズムには必ずしも囚われず、むしろ幻想的な感覚的情緒を追い求めた点で大きくその性格を異にしていたのである。

荷風はかつて自然主義の先駆的な紹介者として知られていたが、明治三六年から五年間アメリカとフランスに私費留学し、帰国するとただちに反自然主義に転じ、留学体験の感想をまとめた『あめりか物語』（明治四一年）、『ふらんす物語』（明治四二年）を相次いで発表した。昼下がりの物憂いパリの公園の風情に「極点に達した幾世紀の文明に人も自然も悩みつかれた此の巴里ならでは見られぬ生きた悲しい詩」を見ようとする『ふらんす物語』の一節には、爛熟した文化にひたすら沈潜しようとする耽美派のモチーフが端的に表れている。あわせて、

『冷笑』*（明治四二～四三年）の、次のような一節を参照してみたい。

……人間は楽み笑ふ為に出来てゐるもので、其が人間の正当な権利だと思ふ。いや楽しむまいとしても人間は生きてゐるかぎり楽しまずには居られないものだ。世間の人は今も云ふ通り楽しむと云ふ語を聞くと、必ず何か不道徳の意味を思ひ出すやうであるが、こんな甚だしい間違ひはない。（略）何人も避ける事の出来ないかの『死』を前にして、せめて、此の瞬間の快楽を歌ふのが、解すべからざる人生の唯一の慰謝ではないか。吾々はかゝる生の唯一の賜物をおろそかにしない為めに、宗教と道徳とを要求したのであつて、其れを拒み若しくは卑しむ為めに道徳を作つたのではない。（二）

こうした発想から、彼は銀座の街並みに象徴されるような明治の新文明を嫌悪し、『すみだ川』*（明治四二年）に始まって、昭和期の名作『濹東綺譚』*（昭和一二年）に至るまで、一貫して

『冷笑』：フランス帰りの作家、銀行頭取、外国航路の事務長、歌舞伎役者、南画家の五人が集まり、忌憚のない文明批判を展開する。

『すみだ川』：常磐津の師匠の息子と芸妓との恋を、下町の情趣と人情のうちに描く。

『濹東綺譚』：一人の小説家が墨田川の河畔を散策し、玉の井の私娼、お雪との淡い交情のうちに、失われた過去の世界を追慕する随筆体の小説。

# 谷崎潤一郎氏の作品

明治現代の文壇に於て今日まで誰一人手を下す事の出來なかつた、或は手を下さうともしなかつた藝術の一方面を開拓した成功者は谷崎潤一郎氏である。語を代へて云へば谷崎潤一郎氏は現代の群作家が誰一人持つてゐない特種の素質と技能とを完全に具備してゐる作家なのである。

自分は氏の作品を論評する光榮を擔ふに當つて、今日までに發表された氏の作品中殊に注目すべきものを列記して置かう。それは廢刊した新思潮第二號所載の脚本『象』。同誌第三號所載小説『刺青』。同第四號所載小説『麒麟』。スバル第三年第八號所載小説『少年』。同第九號所載小説『幇間』。等である。然し谷崎氏は今正に盛んなる創作的感興を觸れつゝある最中なので、更に更に吾人を驚倒すべき作品を續々公表されるに相違ない。けれども既に發表された前述の作品だけについて見るも、當代稀有の作家たることを知るに充分である。

—— 148 ——

永井荷風「谷崎潤一郎氏の作品」(「三田文学」明治44年11月号)　谷崎が世に出るきっかけとなった

滅びゆく江戸文化を憧憬し続けることになる。当時最も西洋文明に通じていたはずの知識人が帰朝後、皮相な「近代化」への批判に転じていく典型として、しばしば漱石、鷗外とならび称されるゆえんである。

前章で取り上げた「大逆事件」に関して、荷風はのちに『花火』（大正八年）で、この事件に抗議できなかった反省から、自分は自分の芸術の品位をあえて江戸の戯作者の地位にまで引き下げてみせたのだ、と回想している。大逆事件が唯一の要因であったとは考えられないが、こうした韜晦のポーズは荷風の一貫した特色で、四〇年以上にわたって書き記された日記、『断腸亭日乗』を紐解くと、たとえば関東大震災の直後には、焼け野原になった東京に対し、「自業自得、天罰覿面」などという文言が投げつけられていたりもする。むろんそれ自体が一つのつくられたポーズであることを考慮するにしても、それはいわばこの世の外の世捨て人、というスタンスなのであって、荷風の近代文明批判が漱石や鷗外のそれとは異なる性格を持つ点に合わせて注意しておきたい。

全盛期の荷風に絶賛されて一躍評判になったのが、当時無名に近い大学生であった谷崎潤一郎と、その作品『刺青』（明治四三年）であった。作品の冒頭部分を引いてみたい。

其れはまだ人々が「愚か」と云ふ貴い徳を持つて居て、世の中が今のやうに激しく軋み合はない時分であつた。殿様や若旦那の長閑な顔が曇らぬやうに、御殿女中や華魁*の笑ひの種が尽きぬやうにと、饒舌を売るお茶坊主*だの幇間*だのと云ふ職業が、立派に存在して行けた程、世間がのんびりして居た時分であつた。女定九郎*、女自雷也、女鳴神、――当時の芝居でも草双紙でも、すべて美しい者は強者であり、醜い者は弱者であつた。誰も彼も挙つて美しからむと努めた揚句は、天稟*の体へ絵の具を注ぎ込む迄になつた。芳烈な、或は絢爛な、線と色とが其の頃の人々の肌に躍つた。

華魁：遊郭の上位の遊女の称。
お茶坊主：座敷で茶の湯をつかさどる坊主頭の男。
幇間：宴席に侍して遊興を助ける男。たいこもち。
女定九郎、女自雷也、女鳴神：定九郎、自雷也、鳴神は、それぞれ歌舞伎に登場する著名な追い剝ぎ、神出鬼没の怪盗、雨をつかさどる上人で、これらを女が演じたもの。
天稟：生まれつきの資質。天性。

刺青師（ほりものし）の清吉はかねてより光輝ある美女の肌を求めていたが、深川の料理屋でかいま見た若い女の白い素足に魅せられ、ようやくその娘を捜し出して肌に彫り物をする。女もまた刺青を彫られることに次第に快感を感じるようになり、清吉は自ら創り上げた美に跪（ひざまず）くことに喜びを見出すのである。代表作の一つと目される『痴人（ちじん）の愛』（大正一三年）も、中年のあるサラリーマンが少女を養育して好みの女を作りあげようとするうち、次第に女が魔性を発揮して逆に男を翻弄するようになり、男もまたそれに密かな快楽を感ずるようになるという物語であった。マゾヒズム、フェティシズムに裏打ちされた唯美主義、女性崇拝は谷崎文学の一貫した特色であり、作品の題名『悪魔』（明治四五年）にちなんで、「悪魔主義」と称されることもある。既成道徳への反逆、という点では、実は耽美派は、自然主義と一脈通じる側面を持っていたことも確かなのである。

耽美派の作家としては、ほかにもたとえば久保田万太郎が、『朝顔』（明治四四年）、『*末枯（うらがれ）』（大正六年）等、浅草を中心に、下町の庶民の生活を描き続け、大阪人気質を好んで描いた水上（みなかみ）滝太郎と並び称されることが多い。当初「スバル」を舞台に抒情詩人としてデビューした佐藤春夫は、大正六年から本格的に小説を書き始め、代表作『*田園の憂鬱（ゆううつ）』（定本版、大正八年）では、人間の内面を性格劇としてではなく、感覚と神経の変遷図として表現し、一躍文壇の寵児（ちょうじ）となった。彼らはいずれも「三田文学」をその活動の拠点にしており、自然主義の牙城であった「早稲田文学」と人脈的な対比を形作っていたのである。

## 2 白樺派の作家たち

「白樺」は明治四三年に武者小路実篤(むしゃのこうじさねあつ)、志賀直哉ら学習院大学出身者を母胎に発刊された文学、美術雑誌である。「無理想」を標榜し、人生の悲惨の〝暴露〟を主眼とした自然主義的な人生観は、良家の子弟として育った彼らの到底受け付けるところではなく、その素直で大胆な自己肯定は、のちに芥川に「文壇の天窓(てんまど)を明け放つて、爽(さわやか)な空気を入れ」たと回顧(『あの頃の自分の事』大正七年)されることになった。当初その中心をなしたのは武者小路で、初期の代表作、『お目出たき人』(明治四四年)からもうかがえるように、天衣無縫(むほう)な自己肯定、自己表現をその持ち味としている。この作の主人公の「自分」は鶴という名の少女に一方的に恋をするのだが、思いを打ち明けぬうちに彼女は結婚してしまう。しかしそれでも「自分」は、彼女が自分のためを思って我が身を犠牲にし、結婚を選んだのだと思い込むのである。

「自分は人類の立場ですべてを見る」(『雑感』大正九年)という武者小路のことばに象徴されるように、「白樺」の同人たちに共通していたのは、独自のインターナショナリズムに裏打ちされ

---

『末枯』: 零落した名家の旦那と、かつて活躍した落語家たちとの交情を哀感を交えて描く。
『田園の憂鬱』: 妻と愛犬を伴って郊外に隠棲した詩人の、内面の憂鬱と倦怠とを描く。

『お目出たき人』(明44、洛陽堂) 表紙

た人道主義であった。そこからやがて、「人類」の一員であると同時に自分たちは「この無窮な天地にライフを享けてゐる生物なのだ。」（長與善郎『竹沢先生と云ふ人』大正一三〜一四年）という、汎*神論的自然観が色濃くなっていく。「自己」を内観することによって内なる「自然」を感得し、普遍的な大自然との一体化を果たそうとする道筋において、白樺派はある一面において、明治以来の「自然」観を継承、発展させる役割を果たすことになったのである。「私小説」への道を切り開くことになった要因もこうした「自己」への関心と無関係ではなく、それまでたとえモデルが作者その人であっても一応三人称小説の形がとられることが多かった中で、武者小路らは実に素朴に「自分」という一人称を使い始め、結果的には芸術と実生活との距離が限りなくゼロに近いことをもってよしとする風潮を推進していくことになるのである。

武者小路の後を受け、実質的に白樺派、ひいては文壇の中心に位置することになったのが志賀直哉であった。後続の作家たちに与えた影響力、という一点に関していえば、おそらく志賀の存在は漱石、鷗外を凌駕するものと思われる。のちに「小説の神様」「文章の神様」と称されたその要因はいかなるところにあったのであろうか。次にあげるのは実生活を題材にした『大津順吉』（大正元年）の一節で、主人公の好いていた使用人（女性）が父の差し金で連れ去られ、父から自分が「痴情に狂った猪武者」となじられたことを知った直後の場面である。

私は此時程の急烈な怒りと云ふものを殆ど経験した事がなかつた。然しこんなやけらしい様子も余儀なくされてするのではない事を、其時の現在に於て、明かに知つてゐた。若し側に人がゐたら私は*ヴァニィティーからもそんな事は出来ないと知つてゐた。それでも腹立たしい心持には何かそんな事がして見たかつた。それを努力して圧へる必要もあるまい。こんな事が其時の現在で私の頭に浮んでゐた。

私は軽いブリッキの函の如何にも手答へのない物足らなさに、戸棚を開けて九磅の鉄亜鈴を出して、それを出来るだけの力で又叩きつけた。

鉄亜鈴は六畳の座敷を斜めに一間余りはずんで、部屋の隅の机に飛び乗り、更に障子に当つてガタ〳〵と音をして机の裏へ落ちた。　（二一・十三）

のちに小林秀雄は最大限の敬意をもって、志賀を「古代人」、「ウルトラ・エゴイスト」と命名

---

汎神論：一切万有に神が宿り、神と世界とは一体であると考える宗教的、哲学的な立場。
ヴァニィティー：vanity（英語）。虚栄心。

することになるのだが（『志賀直哉』昭和四年）、語り手は文中にある「其時の現在」にぴったりと張り付いたまま、あとからの反省の差し挟まれる余地はほとんどない。好悪が倫理に先行する、という言い方もしばしばなされるが、「快」と「不快」の二文字によって世界を切り分けていく明快な文体にこそ志賀の真髄があったのである。

志賀直哉

志賀文学の当初の最大の課題は父親との不和で、右の『大津順吉』以来のテーマが『和解』（大正六年）によって解決を見ると、以後の彼は寡作になっていく。自己破滅型の「私小説」に対して「自己調和型」とも評される志賀は、実生活の危機を創作によって解消し、ひとたび解決がつくと、潔癖なまでに筆を断ってしまうのである。もっとも彼の作品を実生活の報告、という観点だけから評価するのが誤りであることは、たとえば初期の『剃刀』（明治四三年）という短編などからも明らかであろう。床屋が客の喉に剃刀を当てるうちに次第に強迫観念にとりつかれ、ついに喉笛に刃を入れてしまうというその内容は、事実を細密に描写していく果てに、現実以上に現実らしい「非現実」が映し出されてくる逆説を説き明かしてくれている。ほかにも『清兵衛と瓢箪』（大正二年）、『赤西蠣太』（大正六年）など、必ずしも私小説ばかりでなく、説話体の形をとった佳作が多い点に注意が必要であろう。

志賀の唯一の長編『暗夜行路』は、大正一〇年から昭和一二年まで、一六年間にわたって書き継がれた大作である。祖父と母とのあいだに生まれた不義の子である時任謙作は、ひとたびは幸福な家庭を築きながら、やがて妻の貞操をめぐって苦悩し、葛藤をくり広げていくことになる。主人公が大山で発病し、生死をさまよう、有名な結末部分を引いてみることにしよう。

疲れ切つてはゐるが、それが不思議な陶酔感となつて彼に感ぜられた。彼は自分の精神も肉体も、今、此大きな自然の中に溶込んで行くのを感じた。その自然といふのは芥子粒程に小さい彼を無限の大きさで包んでゐる気体のやうな眼に感ぜられないものであるが、その中に溶けて行く、——それに還元される感じが言葉に表現出来ない程の快さであつた。何の不安もなく、睡い時、睡に落ちて行く感じにも多少似てゐた。(略)……彼は今、自分が一歩、永遠に通ずる路に踏出したといふやうな事を考へてゐた。彼は少しも死の恐怖を感じなかつた。然し、若し死ぬなら此儘死んでも少しも憾むところはないと思つた。然し永遠に通ずる

---

『清兵衛と瓢箪』：瓢箪造りに精を出す少年を通して、ものを作る行為とそれに無理解な功利的な大人たちとの対比を描く。
『赤西蠣太』：伊達騒動が舞台。醜貌の隠密が、敵方の美人の腰元と恋文のやりとりをする経緯を描く。

とは死ぬ事だといふ風にも考へてゐなかつた。　（第四－十九）

この一節から、志賀の読者の多くは「生きて居る事と死んで了つてゐる事と、それは両極ではなかつた。それ程に差はないやうな気がした。」という『城の崎にて』（大正六年）の一節を連想することだろう。自己の内なる自然と外なる自然との「調和」、という一点において、志賀直哉は先に指摘した汎神論的自然観を最も鮮やかに体現する存在でもあったのである。

有島武郎は白樺派の中では異色の存在であり、しばしば内部批判者として位置づけられている。父は大蔵省から実業界へ転じて財をなした、典型的な新興ブルジョワ階級であり、学習院で皇太子の学友をつとめたというエピソードにも象徴されるように、秀才特有の自己抑制が顕著で、父との不和の対処の仕方もまた、志賀直哉とはかなりその趣を異にしていた。札幌農学校で新渡戸稲造からキリスト教の影響を受け、入信はしたものの霊と肉との葛藤に悩み、アメリカ留学中にすでに信仰崩壊を体験している。これらに通底しているのは自我の伸張を阻むものへの醒めた目であり、社会と個人との葛藤を現実的に見すえる視点であった。その意味では末弟（次弟は有島生馬）の里見弴が、「なんでもしたいことをするがいゝ」、「心からしたいことをする分には、何をしたつていゝのだ」、「まごころから何かしたがること――これが、あたしの一生かゝつて貯めた財産の全部だ」（『多情仏心』大正一一～一二年）と述べているような自己肯定のあり方とはおよその性格を異にしていたのである。

大正五年に二八歳の妻を結核で亡くしたあとの、三人の男子の父として生きる決意は『小さき者へ』（大正七年）をはじめとする一連の作品に詳しい。『一房の葡萄』（大正一一年）もまた、わが子を視野に書かれた童話である。代表的な長編『或女』（大正八年）の主人公早月葉子（モデルは国木田独歩の妻、佐々城信子）は、婚約者木村の俗物性に絶望し、一人アメリカへ向かい、船中で船員倉地と嵐のような恋に落ちる。だが帰国するとこれがスキャンダルとなり、生活の困窮から、葉子は木村に金をせびるようになる。三角関係に苦しむ中で彼女は病を得、ついには悲惨な死を迎えることになるのである。社会と自己とのこうした激しい軋轢はまさに有島固有のテーマであり、社会の底辺の人間たちへのまなざしはすでに出世作『カインの末裔』*（大正六年）から一貫していた。北海道で経営する農場を小作人に解放した事実も、また大正一二年に軽井沢の別荘で人妻と心中を遂げたその最期も、滅びゆくブルジョワ階級としての自己認定に深く関わっ

『城の崎にて』：電車にはねられて重傷を負った作者が、温泉地で身近な生物に接しながら、あらためて命のありように思いをめぐらす。

新渡戸稲造：札幌農学校で内村鑑三と共にキリスト教に入信。米国留学のあと、札幌農学校校長、一高校長、東大教授を歴任した。自由主義、人格主義教育で知られる。

『カインの末裔』：粗野で野性的な小作人が、北海道の大自然の中で農場主たちと対立し、敗れ去っていく姿を描く。

ており、こうした自覚は、『宣言一つ』（大正一一年）に集約的に表明されることになるのである。

## 3 「新思潮」と大正期教養主義

「新思潮」は東京帝大の作家志望の学生たちの手になる同人雑誌であり、小山内薫を出した第一次、谷崎潤一郎を出した第二次をうけ、芥川龍之介、久米正雄、豊島与志雄、菊池寛、山本有三らを輩出した第四次「新思潮」（大正五年創刊）が今日最も有名である。芥川は創刊号に『鼻』を発表して晩年の漱石に激賞され、これが文壇に出るきっかけとなった。古典説話に取材した芥川や、テーマ小説で知られる菊池など、彼らは入念な構想のもとにフィクションを構築していくことをめざしたので、新技巧派、新理知派と呼ばれることもある。

芥川の本質は「人生は一行の*ボードレールにも*若かない」（『或阿呆の一生』昭和二年）ということばに象徴される芸術至上主義であり、生活事実の描写にこだわる「私小説」の隆盛に異を唱えた点でも耽美派に相通じるところがあった。『羅生門』（大正四年）以来、「実人生」に距離を置いてこれを冷ややかに見下ろしていくスタイルに特色があり、日常性への反発をエネルギーに芸術創造に意味を見出そうとする傾向は、『戯作三昧』（大正六年）、『*地獄変』（大正七年）にも顕著である。『*秋』（大正八年）のような現代小説の試みもあるが、やはりその真骨頂は翻案にあり、これらは『羅生門』をはじめとする王朝もの、『*奉教人の死』（大正七年）をはじめとするキリシタンもの、『*舞踏会』（大正九年）をはじめとする開化期ものなどに分類されている。『戯作三昧』は『南総里見八犬伝』を書き継ぐ晩年の滝沢馬琴を主人公にした作品だが、日常の雑事に囚われ、苛立ちを隠せなかった馬琴が、夜、ようやく創造の世界へと参入していく「不可思議な喜び」に注目してみることにしたい。

# 新思潮

創刊號

二月十五日發行

骨晒し（小説）……成瀬正一
鼻（小説）……芥川龍之介
暴徒の子（戯曲）……草田杜太郎
父の死（小説）……久米正雄
罪の彼方へ（戯曲）……松岡譲

第四次「新思潮」創刊号（大5・2）

この時彼の王者のやうな眼に映つてゐたものは、利害でもなければ、愛憎でもない。まして毀誉に煩はされる心などは、とうに眼底を払つて消えてしまつた。あるのは、唯不可思議な悦びである。或は

ボードレール：一八二一〜六七　フランス象徴主義を代表する詩人。『悪の華』（一八五七）など。

若かない：及ばない。

『地獄変』：平安朝の絵師良秀が、大殿から地獄絵の作成を頼まれ、完成のために最愛の娘を犠牲にする。

『秋』：平凡な結婚をした才女が、日常の生活の中で、ふと秋風のような淋しさを感じる経緯を描く。

『奉教人の死』：無実の罪で教会を追放された若き信徒が、火事で殉教する物語。

『舞踏会』：鹿鳴館の舞踏会に出席した少女の、その一瞬のはなやかな記憶がたどられる。

恍惚たる悲壮の感激である。この感激を知らないものに、どうして戯作三昧の心境が味到されよう。どうして戯作者の厳かな魂が理解されよう。ここにこそ「人生」は、あらゆるその残滓を洗つて、まるで新しい鉱石のやうに、美しく作者の前に、輝いてゐるではないか。……

（十五）

芥川龍之介（「文藝倶楽部」大14・1）

もっとも、人生即芸術が一つの理念とされていた同時代の状況にあって、こうした発想は必ずしも広範な支持を得るものではなかった。今日彼の代表作といわれる小説の発表当時の評は、「人生を真面目に生きていない」といった観点から、意外なほどに手厳しいものが多い。こうしたまなざしを逆に意識する形で芸術至上主義者を演じてみせねばならぬ無理が一方にあり、またもう一方では、創作過程をすべて意識の統治下に置こうとする理念が、逆に識閾下にある幻想性への関心をはぐくんでいくことになるプロセスがあった。大正一二年から「保吉もの」と言われる一連の私小説を書き始めたのをきっかけに、その作風は大きく旋回していくことになるのである。

「大正期教養主義」ということばがある。古今東西の古典を渉猟し、孤独な読書と思索、日記による内省によって人格を陶冶していくというイメージがその根底を成していた。中心となったのは漱石山脈と呼ばれた漱石の弟子たちであり、近代個人主義が新たな世代によって血肉化されていくプロセスとしてこれを位置づけることができよう。漱石、鷗外が最後まで「個我」への懐疑を隠さなかったのに対して、素朴にその価値を信じるところに出発した点に彼らの持ち味があり、人格陶冶の実践記録である阿部次郎の『三太郎の日記』（大正三年）は当時の青年知識人のバイブルとなった。倉田百三の代表作『愛と認識との出発』の中に「人目に立たず、*オブスキュアに、しかも内面の自己の徹底に自ら満足して生きてゐる人があるならば、私はその人を打ち仰いで尊敬する」（大正一〇年）という一節があることからもわかるように、白樺派もまた、こうした精神的土壌と決して無縁ではない。「人格」の「陶冶」こそは、個々の流派を超えて大正期の文学を支配した、大きな理念にほかならなかったのである。

　もっともここにいう「人格」という概念は、今日我々が使うこの語の意味とは、微妙にそのニュアンスを異にしている。当時このことばはある種の生命思想とも言うべき信仰に裏打ちされており、「自己」内部の生命を凝視することが同時に自然、宇宙の普遍的真理に到達する唯一の手段であるという理念に支えられていた。大杉栄が『生の創造』（大正三年）において「社会の進

オブスキュア：obscure（英語）。世に知られない、かすかな。

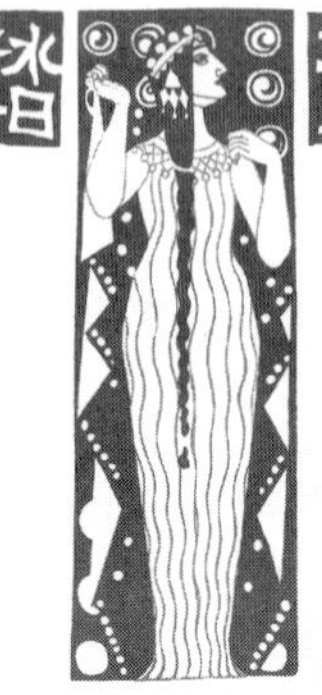


「青鞜」創刊号（明44・9）

化」の基礎を「自我の、個人的発意の、自由と創造」に求めていた事実に象徴されるように、社会主義思想、自由主義思想の別を問わず、「個」に徹することによって普遍に突き抜けていこうとする発想は、まさしく時代に共通して流れる価値観でもあったわけである。女性解放運動の象徴的な存在である雑誌「青鞜」創刊号（明治四四年）の平塚明子（らいてう）の有名な宣言文、『元始女性は太陽であつた』の場合も、その根底にあるのは禅の「見性」の概念（自己本来の心性を突き詰め、悟りを得ること）であり、個を内観することによって普遍的真理へ到達する、というイメージがやはり一貫していた。

ちなみに「青鞜」の喚起した「新しい女」は時代の標語ともなり、創刊の年に女優、松井須磨子が帝国劇場でイプセンの『人形の家』*を主演し、翌年一月に「青鞜」が「付録ノラ」を組んでこの舞台を批評したことが、より一層そのイメージの形成に与ることになった。「新しい女」の対極にあったのは「良妻賢母」のイメージだが、それは単に封建時代の婦徳の残滓として片づけられるものではなく、むしろ明治後半期の「家族国家」論のもと、あらたに再編成されたイデオロギーであった点にはよくよく注意が必要であろう。明治四〇年前後から若い女性の「堕落」を難ずる論説がジャーナリズムに目立つようになるが、これは国家的なイデオロギーがその統制を強めていく中で、それでは律しきれない世代が、女性を中心に急速に台頭しつつあった事実を物語っている。いわゆる「煤煙(ばいえん)事件」――らいてうが漱石の弟子、森田草平と心中未遂を起こした事件――などもその象徴として受け止められ、草平が『煤煙』（明治四二年）で、らいてうもまた『峠』（大正四年）においてこの体験を扱ったこともあって、「新しい女」のイメージが、生活上のスキャンダルと混同される風潮を生むことにもなったのである。

「青鞜」自体は総じて小説の収穫に乏しかったものの、伊藤野枝(のえ)、野上弥生子(のがみやえこ)、岡本かの子、神近市子(かみちかいちこ)など、のちに開花する個性の結節点になっていった事実は見逃せない。この時期最も活躍した女性作家は田村俊子で、自活に目覚めた女の半生を自然主義的なリアリズムで描いた*『あきらめ』（明治四四年）で文壇に出、『木乃伊(みいら)の口紅』（大正二年）、『女作者』（同）など、大正前半にかけて旺盛な創作活動を行った。なお、大正期教養主義の落とし子としては、他に野上弥生子がおり、彼女は漱石に師事すると同時に「青鞜」とも関係を持っていた。難破、漂流中の人間たちの極限状況を描いた*『海神丸』（大正一一年）で名を知られ、のちに*『真知子』（昭和六年）、*『迷

---

『人形の家』：イプセンの戯曲の代表作（一八七九）。平穏な家庭に生きるノラが、妻や母として生きるよりも一個の人間として生きることを望み、家を出ていく物語。

『あきらめ』：『木乃伊の口紅』『女作者』ともども、作者の実生活をもとに、女として生きたいという欲求と、創作者として生きる困難との葛藤が描き出されている。

路』（昭和二三年）などの長編を続々と書き継いでいくのである。

自然主義は大正に入って消滅したわけではなく、広津和郎、葛西善蔵、谷崎精二らによる同人誌「奇蹟」をはじめ、その後も脈々とその精神が継承されていくことになる。この中でも特に、葛西善蔵は近代の私小説作家を代表する存在といえよう。ここでは代表作の一つである『子をつれて』（大正七年）の結末部分を引いておくことにしたい。貧しい小説家が家賃滞納で立ち退きを迫られ、金策で帰郷した妻も帰らず、二人の子をつれてさまよう場面で小説は結ばれている。

湿つぽい夜更けの風の気持好く吹いて来る暗い濠端を、客の少い電車が、はやい速力で駛つた。生存が出来なくなるぞ！　斯う云つたKの顔、警部の顔――併し実際それがそれ程大したことなんだらうか。

「……が、子供等までも自分の巻添へにするといふことは？」

さうだ！　それは確かに怖ろしいことに違ひない！

が今は唯、彼の頭も身体も、彼の子供と同じやうに、休息を欲した。

ここにはどん底の生活を送る自分を「それ程大したことなんだらうか」と突き放す覚めた眼があり、それがまた、世の「常識」の持つ偽善を対照的に照らし出していく効果を生んでいる。しかし一方ではこうした「作家道」に子供を「巻添へにする」ことへの躊躇(ちゅうちょ)もあり、近代の小説が抱え込んだ芸術と実生活とのせめぎ合いの象徴的な姿をここに確認することができるのである。自ら実生活に危機を作りだし、実践報告していくその作風は、自己破滅型私小説の典型とも言われ、特に最晩年の『酔狂者の独白』(昭和二年)は、わが身を酒と病で損じていく壮絶な記録にもなっている。

広津和郎は一貫して知識人の問題を追求し続けた作家である。「私小説」を基盤としつつ、若い新聞記者の「憂鬱(ゆううつ)」を扱った『神経病時代』(大正六年)をはじめ、意識と行為の乖離を「神経」の病として追求する作風を確立した。その意味では佐藤春夫の『田園の憂鬱』と見かけ以上の共通点を持っており、大正期教養主義的な「人格」が称揚される一方で、その実体性に「感覚」や「神経」ということばによって切り込みをかけていくような動き――性格や個性の一貫性よりも外界と自己とのおりなす感性の動きを追いかけていこうとする志向――がすでに出始めていたことを物語っている。

同じことは『蔵の中』(大正八年)、『苦の世界』*(同)で鮮烈なデビューを果たした宇野浩二に

---

『海神丸』:四人乗りの船が難破して二カ月漂流する、その極限状況を描く。
『真知子』:中流上層の家庭に育った女性が、社会運動に飛び込み、傷つきながらも愛に目覚めていく姿を描く。
『迷路』:一人の転向知識人の目を通して、昭和一〇年代の激動の時代を描く。

ついてもいえよう。『蔵の中』は怠惰な中年作家が着物を質入れし、質屋で自らその虫干しをしながら一枚一枚に関わる女の思い出に浸る、というストーリーなのだが、注目すべき点はむしろその文体にある。冒頭の書き出しの部分を引いておくことにしよう。

そして私は質屋に行かうと思ひ立ちました。私が質屋に行かうといふのは、勿論質物を出しに行かうといふのではありません、私には今少しもそんな余裕の金はないのです。と言つて、又質物を入れに行くのでも勿論ありません。私は今質に入れる一枚の着物も、一つの品物も持たないのです。そればかりか、現に今私が身に着けてゐる着物まで質物になつてゐるのです。(略)

そして私が質屋へ行かうと思ひ立つたのは――話が前後して、往々枝道に入るのを許して戴きたい。どうぞ私の取止めのない話を、皆さんの頭で程よく調節して、聞き分けて下さい。たのみます。

ユーモアとペーソスに満ちたその独自の饒舌体――「しゃべるように書く」スタイル――もまた、のちの高見順、太宰治のそれに通じる新しさを持っている。作中では以下、「取止めのない話」が延々と続くのだが、これは人格の成長を直線的に語っていくあり方への反逆にもなっており、明治の言文一致を思い起こしてみてもわかるように、話しことばを書きことばに取り入れていこうとする動きは、常に既成のリアリズムを改革する試みと共に現れることになるのである。佐藤は三田派、広津や宇野は早稲田系だが、すでに大正期の半ばからは既成の流派にとらわれぬ、あらたな地殻変動が生じつつあり、ようやく固まりつつあった「個」の概念を根本から揺るがすような胎動が、すでに起こりつつあったのである。

『苦の世界』：貧困と、同棲相手のヒステリーに悩まされる男の告白が饒舌に綴られている。

# V マルキシズムとモダニズム

大正一二年（一九二三）の関東大震災は当時の文学に大きな影響を与えた。天災に対して多くの文学者がある種老荘思想的な諦念を抱き、これが「心境小説」というジャンルの形成を後押しすることになる。ソビエト文化とアメリカ文化が日本に本格的に流入するのもこの頃のことで、以後マルキシズムとモダニズムは、昭和期の文学を構成する大きな柱になっていく。復旧めざましい東京は大衆消費社会を先取りするような現代都市へと変貌し、マルキシズムもまた、明確な社会思想が創作に直結した点において画期的な意味を持ち、その後長くインテリゲンチャの信仰の対象になっていくのである。

一般に文学における「近代」から「現代」への転換を象徴する事件として位置づけられるのが有島武郎（ありしまたけお）と芥川龍之介の自殺である。階級闘争における自身の無力を宣言した有島武郎の自殺（大正一二年）と、「将来に対するぼんやりした不安」を遺書（『或旧友へ送る手記』昭和二年）に書き残した芥川龍之介の自殺（昭和二年）は、あらゆる意味で、既成文壇の行き詰まりを象徴する事件でもあった。この時期の状況は「心境小説」を中心とする既成文壇、プロレタリア文学、新感覚派を出発点とするモダニズム文学、の三つの勢力に整理されるのが一般である。

## 1 「心境小説」の成立

「人格」の「陶冶(とうや)」、という理念は、一九一〇～二〇年代の「文学」を強く支配した価値観であった。そこには独自の生命思想が流れており、自己内部の「いのち」を凝視することによって普遍的な共生感の獲得をめざすと共に、さらにそのプロセス自体を表現することが「小説」の使命である、と考えられていた形跡がある。「陶冶」に力点が置かれた結果、「私小説」をより純化した「心境小説」という理念があらたに生み出され、志賀直哉の評価が急速に高まっていくことにもなるのである。志賀の『城の崎(き)にて』(大正六年)は、脊椎カリエス発病の可能性を背負った主人公が、身の回りの小動物を凝視する中から「生きて居る事と死んで了つてゐる事と、それは両極ではなかつた。それ程に差はないやうな気がした。」という認識に到達していく過程を描いたもので、ほかにも『焚火(たきび)』*(大正九年、原題『山の生活にて』)、あるいは葛西善蔵の『湖畔手記』*

『焚火』:赤城山でキャンプした主人公たちが、日常の背後の超常現象について語り合う。

『湖畔手記』:『椎の若葉』と共に、衰弱した主人公が日光の温泉で自然の息吹に触れる過程を描く。

芥川龍之介の晩年の河童図

（大正一三年）、『椎の若葉』（同）などが、「心境小説」の代表例として評価されることになった。すでにこの時点で文壇はそれまでの自然主義対反自然主義という枠組みが崩れ、あらたな理念のもとに一本化しつつあったのである。

芥川龍之介が志賀に傾倒し、それまでの自身の作風を否定するように、一連の*「保吉（やすきち）もの」といわれる私小説を書き始めるのも、こうした動向に深くかかわっている。*『蜃気楼（しんきろう）』（昭和二年）、『歯車』（同）等、晩年の作品は、彼が谷崎潤一郎との論争(1)（小説の筋をめぐる論争）の中で主張した「詩的精神」を体現したものであったが、それはまた、芥川なりの「心境小説」の実践でもあった。ただし同じように死生観を問題にしても、志賀と違って芥川の場合は「見る自分」と「見られる自分」が分離し、夢や精神の危機、死の予覚を感じる自分を自己対象化していく方法がとられることになる。『死後』（大正一四年）と題する短篇の一節を引いてみることにしよう。

夢の中の僕は暑苦しい町をSと一しよに歩いてゐた。砂利を敷いた歩道の幅はやつと一間か九尺しかなかつた。それへ又どの家も同じやうにカアキイ色の日除けを張り出してゐた。

「君が死ぬとは思はなかつた。」

Sは扇を使ひながら、かう僕に話しかけた。一応は気の毒に思つてゐても、その気もちを露骨に表はすことは嫌つてゐるらしい話しぶりだつた。（略）

僕は格別死んだことを残念に思つてはゐなかつた。しかし何かSの手前へも羞かしいやうには感じてゐた。

死後の自分を見るのはもう一人の自分であり、さらに夢の中の自分を醒めた自分が思い起こす、という形がここではとられている。遺稿でもある『歯車』では、これが「死は或は僕よりも第二の僕に来るのかも知れなかつた。」という「Doppelgaenger（ドッペルゲンガー／離人症）」の比喩によって語られていた。こうした自己分裂はその後の小説の大きなテーマの一つでもあり、芥川は文学における「近代」と「現代」の橋渡しを演じつつ、昭和二年に自ら命を絶つことになるのである。

一連の「保吉もの」:『保吉の手帳から』（大正一二年）以下の、保吉を主人公にした短編を指す。

『蜃気楼』、『歯車』:いずれも「僕」の日常を襲う、狂気、死、超常現象などの予兆を描く。

## 2　プロレタリア文学の隆盛

堺利彦らを中心とする明治期の社会主義文学は、大逆事件によってその後しばらく「冬の時代」を迎えることになる。だが、大正デモクラシーの影響もあって、次第に労働者自身の手になる文学が自然発生していくことになった。宮島資夫『坑夫』（大正五年）と、宮地嘉六『放浪者富蔵』（大正九年）の二編は、これらの動向を集約的に示す佳作といえよう。前者は非定住炭坑労働者が流れ者として放浪の人生を送るその生涯を描き、また後者は小学校を卒業後、職工として各地を転々とした作者自身の半生を題材にしたもので、いずれも働く者の性を素朴なリアリズムで描き出すことに成功している。

大正一〇年に雑誌「種蒔く人」が創刊され、当初は秋田で印刷されたパンフレットであったが、やがて東京を中心に左翼文学の中心的な拠点として発展していくことになる。創刊時の同人は小牧近江、金子洋文、今野賢三ら六名で、白鳥省吾、福田正夫ら民衆詩派の詩が掲載されていたり、有島武郎が資金援助をしたり、武者小路実篤の反戦詩が掲載されるなど、流派を超えたさまざまな要素が混在していたが、青野季吉が評論を発表し始める頃からプロレタリア文学運動の拠点としての性格が明確になっていく。震災直後の混乱に乗じて弾圧され、廃刊に追い込まれるのだが、朝鮮人虐殺事件、亀戸事件などを伝える「帝都震災号外号」は歴史の証言として生々しい。この弾圧を機にプロレタリア文学は一時衰退するものの、「種蒔く人」の後継である「文藝戦線」が大正一三年に創刊され、さらに翌年の暮れ、日本プロレタリア文芸連盟が結成されるに及んで、運動は再び本格化していくことになる。やがて一年後（大正一五年）の暮れに日本プロレタリア芸術連盟（プロ芸）に改組されたのを機に、*アナキズム的な思想は駆逐され、蔵原惟人（くらはらこれひと）をオピニオンリーダーに、マルクス主義へと次第に路線が統一されていくのである。

創刊から三年間ぐらいの「文藝戦線」は、葉山嘉樹（はやまよしき）の*『淫売婦（いんばいふ）』（大正一四年）、黒島伝治（でんじ）の*『二銭銅貨』（原題『銅貨二銭』大正一五年）、平林たい子の*『施療室にて』（昭和二年）など、作者自身の豊富な労働体験に裏付けられた佳作が多い。次にあげるのは葉山嘉樹の『海に生くる人々』（大正一五年）の一節で、船の倉庫番が船長に詰め寄る場面である。

「人間を、軽蔑する権利は、誰もが許されてゐないんだ。又、他人の生命を否定するものは、その生命も、否定されるんだ！　分つたか」彼は、そこにそのまゝ、坐ることを忘れたやうにつつ立つてゐた。彼は睨み殺しでもしさうな眼付で船長を見据てゐた。それは、全（まる）で、燃

---

アナキズム：anarchism　あらゆる権力の存在を否定する無政府主義的な発想を指す。

『淫売婦』：瀕死の若い女を見せ物にして生計を得る者たちの、貧困と連帯を描く。

『二銭銅貨』：農民の子の、貧困ゆえの事故死を描く。

『施療室にて』：夫が満洲で爆弾テロを計画して収監され、施療室で子供を産む女主人公の姿を描く。

「戦旗」創刊号（昭3・5）

える火の魂のやうに見えた。
＊ストキは、＊波田の突き刺したナイフを静にテーブルから抜き取つた。そして、自分の席の前に置いた。
船長は、ピストルを持つて来なければならなかつたが、そこを立つわけに行かなかつた。彼は、初めて、彼が、殆んど、歯牙にもかけなかつた、低級な人間の中に、高級な彼をも威圧して射すくめてしまふだけの威厳を見た。それは、全く、何も持つてゐない、一人の労働者だ。

だが、労働者の組織化が提唱されるに従い、実際に手に職をつけた人間の手になる素朴な労働文学、それも非定住者のそれは成り立ちにくいものとなる。プロ芸は昭和二年になると中野重治、林房雄ら東大新人会出身の先鋭なマルキストたちが実権を握り、これに反発する葉山嘉樹らは労農芸術家連盟（労芸）を結成し、訣別していく。その後、労芸はマルクス主義との距離をめぐってさらに分裂したが、その反省から左翼文学の大同団結が説かれ、昭和三年三月に全日本無産者芸術連盟（ナップ）の結成を見ると共に、機関誌「戦旗」が発刊された。ただし労芸との合同はならなかったので、「戦旗」派と、葉山嘉樹ら「文戦」派とはその後も鋭く対立し合うことになる。背景にあるのは大学出のマルキストたちと労働者作家たちとの対立であり、その後のプロレタリア文学運動の歴史は、インテリゲンチャがそれまでの労働文学の担い手を追い落としていく過程でもあった。

大正七年に「大学令」が公布され、続々と大学が設立されて「知識人」が大量生産されるに従って、社会を「啓蒙」していくエリート性はすでに揺らぎ始めていた。さらに震災後の相次ぐ恐慌は資本主義機構の矛盾を露骨に顕在化させ、「大学は出たけれど……」ということばに象徴される空前の不況を呼び起こし、知識人の役割自体が崩壊の危機に瀕していくことになる。若いインテリゲンチャたちの間で新たな革命理論が熱狂的に信奉された事実は、こうした社会背景を抜きに考えることはできないであろう。むろん、マルクスの革命理論において最後に勝利をおさめるのは労働者階級であり、知識人はあくまでもその過渡的な役割を果たす存在に過ぎない。しかしわが国の場合は、知識人による、知識人のための運動に限りなく傾斜していった点にその特異な事情があり、大学生を中心とするインテリゲンチャたちはやがて自らをプロレタリアートの「前衛」であると自己規定していくことになる。こうした自己矛盾はすでに有島武郎が『宣言一つ』(大正一一年)で述べていたところだが、「大衆」との離反、という形で、やがてそのまま

ストトキ：倉庫番として働く登場人物のあだ名。
波田：ストライキ側の労働者の名。

「転向文学」の要因に直結していくことになったのである。

「戦旗」派にあって、プロレタリア文学運動全体に最も大きな影響を及ぼしたのは小林多喜二であった。ソビエト文化の窓口でもあった北海道小樽に育った彼は、上京して蔵原惟人の理論に従い、ナップの中心作家として活躍することになる。不当な労働を強いられた乗組員たちが次第に階級意識に目覚め、団結していくさまを描いた『蟹工船』（昭和四年）は、発禁の網の目をかいくぐって世に流布し、大きな反響を巻き起こすことになる。結末近く、労働者たちがストライキに立ち上がる部分を見てみることにしよう。

> 「諸君、まづ第一に、俺達は力を合はせることだ。俺達は何があらうと、仲間を裏切らないことだ。これだけさへ、しつかりつかんでゐれば、彼奴等如きをモミつぶすは、虫ケラより容易いことだ。――そんならば、第二には何か。諸君、第二にも力を合はせることだ。落伍者を一人も出さないといふことだ。一人の裏切者、一人の寝がへり者を出さないといふことだ。たつた一人の寝がへりものは、三百人の命を殺すといふ事を知らなければならない。
> （略）」
> 「俺達の交渉が彼奴等をタヽキのめせるか、その職分を完全につくせるかどうかは、一に諸君の団結の力に依るのだ。」　（十）

同じく船中のストライキを題材にしていても、先の『海に生くる人々』とは性格を異にしている点に注意したい。葉山嘉樹にあっては労働者個々の風貌や個性が強調されているのに対し、小林多喜二の場合は個人の役割よりも組織の論理が強調され、結果的には敵対する国家権力の構造が一層明示される効果をも生んでいる。「文戦」派と「戦旗」派の性格の違いを端的に示すものと言えよう。

　小林多喜二は昭和八年に特高に検束され、不当な拷問を受けて悲劇的な死を遂げ、その直後に「中央公論」に掲載された遺稿『転換時代』（のち、『党生活者』と改題）もまた、伏せ字と削除によって内容が判読できないようなありさまであった。多喜二の作品は、社会正義とリリシズムが簡潔な自然描写、情景描写の中に融合している点にその特色があり、その後の左翼文学、民主主義文学運動の中で良心の灯のような役割を果たしていくことになるのである。

　一般に「小説」は特定の政治思想のプロパガンダと同一のものではあり得ぬはずで、あえて文学における政治性を問うのであれば、個人と社

――轉換時代――　（創作55）

工なので、（十二字削除）。
私は倉田工業の他に「××××會」の××もしてゐたし、ヒゲの…………が殆んど強實なので、…………××の一部分をも引き受けなければならなかつた。急に忙がしくなつた。が、…………した上に、工場の生活がなくなつたので、充分に日常生活のプランを編成して、…………（十四字削除）が出來た。
工場にゐたときは、工場のなかの毎日々々の「動き」が分り、それは直ぐ次の日の…………させることが出來た。今…………は須山と伊藤が責任を引き受けてやつてゐる。最初私は工場から…………を恐れた。（以下五行削除）
私がまづ氣付いたことは、八百人もゐる工場で、…………だけが懸命に（それは全く懸命に！）活動しやうとしてゐる傾向だつた。それは勿論…………であらうと、…………がなかつたら、…………の出來ないのは當然であるが、その四五人…………………………には、…………と結合すること（或ひはさういふものを作り、その中で働くこと）を…………にしなければならない。その…………………、矢張りこの四五人の、それだけで少しの發展性のない、獨り角力に終つてしまふのだ。――ところが、實際には臨時工の女工たちは、私達は折角知り合つても又散り〲バラ〲になつてしまふ、袖觸れ合ふも他生の緣といふので、臨時工の「親睦會」のやうなものを作らうとしてゐる。又臨時工と本工とが賃銀のことや待遇のことで仲が惡いのは、會社がワザとにさうさせてゐるのであつて、中には「合ひ見、互ひ見」で、仲間になつてゐるものさへある。これらはホンの一二の例でしかない。だが、若しも…………………………に(××に)するために努力し且つその中で（自分たち四五人の中でなしに）…………………、近々の六百人もの首切りに際して…………は決して不可能なことではないのである。

小林多喜二『転換時代』（「中央公論」昭7・4）

会、個と個の連帯のあり方を問い直す、まさにそのことばの様態にこそ求められるべきであろう。ナップはその後、権力の弾圧の中で公式的な政治路線を先鋭化させることになるが、こうした過程に反比例するように、実作の成果もまた乏しくなっていく。当時ナップの理論闘争の最前線にいた中野重治も、この時期の小説は未だ生硬な観念性に満ちており、初期詩作にうかがわれる抒情が散文に花開くのは、のちに戦時下の弾圧の中で書かれた『歌のわかれ』*(昭和一四年)を待たなければならない。「大衆」との離反の問題、政治と文学の問題、反植民地闘争においてアジアの労働者との連帯が充分に煮詰めきれなかった問題など、戦前のプロレタリア文学運動に大きな課題が内在していたことは明らかで、これらはいずれもほぼそのままの形で戦後に引き継がれていくことになるのである。

## 3 新感覚派と横光・川端

マルキシズムと並んで震災後の文学に影響を与えたのは、アメリカ文化を中心とするモダニズムであり、モダンガール(ボーイ)、カフェーなど勃興する大衆消費文化を背景に、新世代の小説家たちの間にあらたな胎動が起こりつつあった。メディアにおいても既成リアリズムにあきたらぬ作家たちは新しい発表媒体を求め、空前の同人雑誌ブームを巻き起こすことになる。たとえば梶井基次郎(かじいもとじろう)、淀野隆三(よどのりゅうぞう)、三好達治(たつじ)、北川冬彦らの活動舞台となった「青空」(大正一四~昭和二年）、芥川龍之介、室生犀星を顧問に、中野重治、堀辰雄、窪川鶴次郎らを輩出した「驢馬」（大正一五～昭和三年）、藤沢桓夫らの「辻馬車」（大正一四～昭和二年）、早稲田大学在学生を中心に、尾崎一雄らのデビューの場となった「主潮」（大正一四～一五年）、舟橋聖一、阿部知二らを出した「朱門」（大正一四～一五年）、小林秀雄、永井龍男らの活動舞台となった「青銅時代」（大正一三年）と「山繭」（大正一三～昭和四年）、久野豊彦が主宰し、小田嶽夫、吉行エイスケらを輩出した「葡萄園」（大正一二～昭和六年）など、のちの昭和文学の実質的な担い手たちの多くが、この時期の同人誌から巣立っていく事実は看過されるべきでない。これらを象徴するのが大正一三年の「文藝時代」の創刊で、規模も一同人誌を超えるものであり、横光利一、川端康成を中心に「文藝春秋」系の若手作家が集まったこの雑誌は、評論家の千葉亀雄に「新感覚派」と命名され、新時代の旗手のような役割を果たすことになったのである。

彼らの作風の特色は、「文藝時代」創刊号の横光利一の短編『頭ならびに腹』（大正一三年）に象徴的に表れている。ストーリーは、特急列車が故障して止まり、乗客たちが代替の汽車に乗り換える、という単純なものなのだが、「真昼である。特別急行列車は満員のまま全速力で馳けてゐた。沿線の小駅は石のやうに黙殺された。」という冒頭の一文は「新感覚表現」を代表するも

『歌のわかれ』：地方の旧制高校生が上京して大学に入学し、次第に短歌的な抒情に訣別していく過程を描く。かつての自己をみずみずしい感性のうちに追想した自伝的作品。

「文藝時代」（大14・4）　デザインは村山知義

のとして論議を呼ぶことになった。こうした擬人法にうかがえるように、ヒトとモノとを等価なものとして置き換え、奇抜な比喩や視点の大胆な変換によって写実的な描写の枠を越え、語り手の主観をあらためて前面に押し出していくところに表現上の特色をうかがうことができよう。左にあげるのは、やはり『頭ならびに腹』の中の一節である。

> 車掌は人形のやうに各室（へや）を平然として通り抜けた。人々は車掌を送つてプラットホームへ溢れ出た。彼等は駅員の姿と見ると、忽（たちま）ちそれを巻き包んで押し襲（よ）せた。数箇の集団が声をあげてあちらこちらに渦巻いた。（略）けれ共一切は不明であつた。いかんともすることが出来なかつた。従つて、一切の者は不運であつた。さうして、この運命観が宙に迷つた人々の頭の中を流れ出すと、彼等集団は初めて波のやうに崩れ出した。喧噪は呟きとなつた。苦笑となつた。間もなく彼等は呆然となつて了つた。

この短編の中には個人名（固有名詞）が一切登場しない。出てくるのは機械（急行列車）と情報によって画一的に操作される不特定多数の「彼等」、すなわち群衆という名の「集団」である。それ自体が一つの意思を持つ「群衆」の動きを描き出していくという発想は、『上海』*（昭和七年）をはじめ、初期の横光の大きな特色でもあった。大正期教養主義的な人間中心主義（ヒューマニズム）に対し、些細で偶発的な事象が人間の運命を左右していくという発想、あるいはまた、情報操作によって動く巨大な大衆（マス）の存在を対置し得た点に、その現代的な意義を認めることができよう。

新感覚派の出現した背景にあるのは、第一次大戦後の欧州の前衛芸術運動（アヴァンギャルド）である。シュールレアリスム*に代表されるように、主観の自由な発露によって予定調和的な秩序を破壊していこうとする発想がその根底にあり、中でもドイツの表現主義*、あるいはチューリッヒに発したダダイズム*運動は、横光、川端を中心とするモダニズム系の作家たちに大きな影響を与えることになった。特にダダイズムは仏教的な世界観とのアナロジーをもって受け止められた

---

『上海』：上海で働く日本人の銀行員と薄幸の女性との恋を軸に、アジアの歴史的な変動を描く。

シュールレアリスム：surréalisme　超現実主義。第一次大戦後、フランスで発生した前衛芸術運動。

表現主義：シュールレアリスムと同様、主観の激しい表出を重視する。美術に始まり、文学、演劇、映画まで、幅広いジャンルに及んだ。

ダダイズム：dadaïsme　アナキズムやニヒリズムと接点を持つ、形式破壊の前衛芸術運動。高橋新吉、萩原恭次郎など、わが国では詩作に旋風を巻き起こした。

川端康成

点に日本的な特色があり、人間を形あるもの、あるいは固定し、区別しうるものと捉える実体論的な発想から、絶えず変位し、流動するものとして眺め換えていこうとする志向を指摘することができる。こうした発想が実作に結実した一例として、川端康成の『空に動く灯』（大正一三年）の一節を挙げておきたい。

大体人間は、人間と自然界の森羅万象との区別を鮮明にすることに、永い歴史的の努力を続けて来たんだが、これは余り愉快なことぢやないよ。（略）輪廻転生の説を焼野に咲く一輪の花のやうに可愛がらねばなるまいよ。人間が、ペンギン鳥や、月見草に生れ変るといふのでなくて、月見草と人間が一つのものだといふことになれば、一層好都合だがね。それだけでも、人間の心の世界、言ひ換へると愛は、どんなに広くなり伸びやかになるかしれやしない。（一）

川端は習作時代、志賀直哉の影響を強く受け、『暗夜行路』（大正一〇〜昭和一二年）をなぞるように自らの孤児体験や失恋体験を描こうとするのだが、結局それを描ききれずに挫折を繰り返していた。川端文学の中心主題である輪廻転生思想もまた、こうした試行錯誤の中から育まれていったテーマにほかならなかったのである。

## 4 モダニズム文学の系譜

一九三〇年代の日本文学の特色の一つに、インターナショナリズムとも言うべき世界同時性をあげることができる。おりしもアインシュタイン*の相対性理論、ハイゼンベルグ*の不確定性原理等、二〇世紀初頭、世界的な規模で「知」の枠組みの地殻変動が進みつつあった。人文科学の領域においても、人間の精神を外表的、実体論的に捉えようとする従来の客観主義は、ベルグソンの「純粋持続」の概念、無意識の領域からこれを捉え直していこうとするフロイトなどによって次々に掘り崩されていくことになる。(2) ジョイス*の『ユリシーズ』もまたこうした動向の象徴として迎えられることになったのであって、特に注目されたのが、いわゆる「内的独白（Monologue intérieur）」という表現手法なのであった。われわれの内面を流れる時間は物理的に計測可能な外

アインシュタイン：一八七九～一九五五　ドイツの理論物理学者。
ハイゼンベルグ：一九〇一～一九七六　ドイツの理論物理学者。
ジョイス：一八八二～一九四一　アイルランドの小説家。代表作『ユリシーズ』（Ulysses 一九二二）は、平凡な一市民の一日の出来事をさまざまな文体で描いた長編小説。

部の時間とは必ずしも一致せず、むしろ夢や記憶の中の出来事は自由にその順位を変えていく。無意識をも含めたこうした潜在的な精神活動を、日常的な因果律から離れた「意識の流れ（Stream of consciousness）」として描きだしていくことがあらたにめざされたのである。日本ではこれらが「新心理主義」として紹介され、若き日の伊藤整（せい）は、『蕾（つぼみ）の中のキリ子』（昭和五年）をはじめとする一連の実験作を著した。「意識の流れ」の手法は、第三者的な観察記録の形態をとるよりも語り手の意識そのものを舞台とする一人称独白形式をとる方が自然であり、今日では横光利一の『機械』（昭和五年）や川端康成の『水晶幻想』*（昭和六年）をその具体的成果として数えることができる。

左に挙げるのは『機械』の一節で、ネームプレート工場を舞台に、主人公の「私」が同僚の屋敷や軽部（かるべ）という名の人物と、特許のスパイ疑惑をめぐって心理戦を繰り広げる場面である。

――いつたい本当はどちらがどんな風に私を思つてゐるのかますます私には分らなくなり出した。しかし事実がそんなに不明瞭な中で屋敷も軽部も二人ながらそれぞれ私を疑つてゐると云ふことだけは明瞭なのだ。だが此の私ひとりにとつて明瞭なこともどこまでが現実として明瞭なことなのかどこでどうして計ることが出来るのであらう。それにも拘らず私たちの間には一切が明瞭に分つてゐるかのごとき見えざる機械が絶えず私たちを計つてゐてその計つたままにまた私たちを押し進めてくれてゐるのである。

ここに説かれているのは人間の意思や性格がいかに相対的なものであるかという発想で、目に見えぬ機械のような心理の相互作用が人間を背後で動かしていくという認識が背後に一貫しているのである。

昭和の初頭の数年間、文壇はプロレタリア文学中心に推移していたが、これに抗する形で、雑誌「新潮」系の反左翼文学の若手作家の集う場となったのが新興芸術派であった。昭和五年(一九三〇)に「新興芸術派倶楽部」が結成され、新潮社から『新興芸術派叢書』が刊行されている。中心となったのは『女百貨店』(昭和五年)などで知られる吉行エイスケ、『街(まち)のナンセンス』(同)を書いた龍胆寺雄(りゅうたんじゆう)、『ボア吉の求婚』(同)の中村正常、独自の社会派をめざした浅原六朗(あさはらろくろう)、久野豊彦(くのとよひこ)らである。彼らの特色はエロ・グロ・ナンセンスの世相を背景に、モガ・モボ*、ダンス、ジャズなど、震災後の東京の最新風俗を題材として開拓していった点にあり、一見とりとめのない風俗描写と見られるその背景には、人間があって風俗があるのではなく、風俗こそが人を動か

『水晶幻想』：発生学者を夫に持つ夫人がなかば無意識のうちに思い描く性的な連想を、そのままに写し取るという設定。

モガ・モボ：モダン・ガール、モダン・ボーイの略。

していくのだという発想があった。その意味ではヒトをモノとして、またモノをヒトとして等価に描いていく、先のアンチ・ヒューマニズム（反人間中心主義）の流れに位置するものといえよう。文壇現象としての新興芸術派は、結局反左翼という共通項のもとに動員された団結にすぎなかったためにほどなく空中分解していくことになるが、無意味（ナンセンス）によって日常的な意味を切り崩していくその方法はダダイスムの発想を引き継いでおり、「ナンセンス」文学の系譜として、その後の文学に大きな影響を与えていくことになる。

たとえばその源流として、「文藝時代」同人でもあった稲垣足穂（いながきたるほ）の『一千一秒物語』（大正一二年）を挙げることができよう。『月とシガレット』と題する小編の全文を引用してみたい。[3]

ある晩　ムーヴィから帰りに石を投げた
その石が　煙突の上で唄をうたつてゐたお月様に当つた。お月様の端がかけてしまつた。お月様は赤くなつて怒つた
「さあ元にかえせ！」
「どうもすみません」
「すまないよ」
「後生ですから」
「いや元にかえせ」

お月様は許しさうになかつた　けれどもたうたう巻タバコ一本でか
んにんして貰つた

ここでも月と人間とは等価なものとして扱われており、荒唐無稽なナンセンス・ユーモアが、日常的な現実を塗り替えていく上で、極めて重要な役割を果たしている。

この種のユーモアを、さらにコミュニケーションの齟齬に伴う悲哀（ペーソス）にまで煮詰めていった作家に、新興芸術派に属していた井伏鱒二がいる。たとえば初期の短編に『借衣』（大正一二年）という作品があるが、そこには通学途中の女学生に想いを打ち明けるため、彼女に羊羹の菓子折を渡そうとする「私」の挿話が描かれている。躊躇するうちに二週間が過ぎ、とうとう断念して菓子折を開いてみると、中味は砕け、黴が生えていた。それを見て「私」はしみじみと思う。渡さないでよかった……。

コミュニケーションの悲劇をモノ（この場合は羊羹）や小動物に託していくこうした方法は、*『山椒魚』（昭和四年）や*『屋根の上のサワン』（同）をはじめとする彼の初期作品の大きな特色として指摘することができよう。

『山椒魚』：岩屋に閉じこめられた山椒魚の悲哀を描く。
『屋根の上のサワン』：傷ついた雁への思い入れをペーソス豊かに描く。

堀辰雄『不器用な天使』（昭5、改造社）

芥川が晩年に到達した「見る自分」と「見られる自分」の対立、という問題は、この時期デビューしていく次世代の小説家たちによって確実に引き継がれていた。たとえば『*檸檬』（大正一四年）で広く知られる梶井基次郎に、『Kの昇天』（大正一五年）という短編がある。ここに描かれるKという人物は影の方が人格を持ち始め、元の自分は「魂」として月に向かって昇天していくことになるのだという。Kは結局溺死するのだが、語り手の「私」はKの身体が次第に意識の支配を失って海に歩み入り、影だけが一個の人格をもって昇天していくさまを確信するのである。死の予兆と共に表れるこうしたドッペルゲンガーは、晩年の芥川に師事していた堀辰雄の初期作品、『恢復期』（昭和六年）の一節からもうかがうことができよう。

そのときふと彼は、*さういふ彼自身の痛ましい後姿を、さつきから片目だけ開けたまんま、ぢつと睨みつけてゐる別の彼自身に気がついた。（略）

いつまでも奇妙な半睡状態を続けてゐる自分の身体からすうつと別の自分自身が抜け出して列車の廊下をうろうろと歩いてゐる——さういふ前夜の錯覚と、それから今しがたの変な錯誤とが何時しかごつちやになつて、なんだかウヰリアム・ブレイク*の絵の或る複雑な構図と同じやうな不可解さをもつて彼に迫りながら、ますます彼を眠りがたくさせた。

この時期の小説には「鏡」に映る自己像をテーマにしたものが意外なほど多い。そしてその多くは、「私」が「私」を眺めることによって限りない自己分裂を誘発していくことを特徴にしていた。たとえば牧野信一の『鏡地獄』(大正一四年)もまた、小説を書き悩む小説家が、合わせ鏡を覗くような「私」の分裂劇に立ち会う瞬間を描いている。

愚かなお調子者の非文学的な彼の小説のつまり彼である主人公が、ペラペラと吾家(わがや)の不祥事を吹聴(ふいちょう)したり、親の秘密を発(あば)いたりする文章を書き綴つてゐる浅ましさを、彼は自ら嘆いた。そして、何も知らない母が気の毒であつた。(四)

このように「書く」意識自体を否定的媒介にすることによって、二次的、三次的な自己が分離

『檸檬』:街をさまよう「私」の憂悶を一個の檸檬の感覚美に託した心象風景。
さういふ:病で床に伏すさまを受ける。
ウヰリアム・ブレイク:一七五七〜一八二七　イギリスの詩人、画家。幻想的な作風で知られる。

し始める点に着目したい。「書く私」はひとたびことばにされた瞬間にすでに「書かれた私」に変じてしまうので、「私」はそこに生ずる異和をもとに、さらに「私」の源泉を追い求め、かぎりない遡及運動を開始することになる。興味深いのはこうした中から「私」が必ずしも事実通りの「私」である必要を失っていく瞬間が訪れるという事実で、ここから『ゼーロン』（昭和六年）、『酒盗人』（昭和七年）をはじめとする「ギリシア牧野」の世界が展開されていくことになる。これらはいずれも、日常的な小田原郊外の田園風景がローマ神話や中世騎士道物語等に重ね合わされていく不可思議な幻想性にその特徴があり、一人称小説から非日常的な幻想世界を描く方法の開拓されていくそのプロセスは、川端康成が「輪廻転生」の世界を切り開いていった足跡とも奇妙な相似を示している。

　牧野信一に絶賛されてデビューした坂口安吾は、その後継者としての側面を持っている。安吾の初期作品の真髄は、*『風博士』（昭和六年）など、現実と非現実とが不可思議に混淆していく*ファルスの世界にあるといってよい。そしてこの場合注目してよいのは、やはり牧野同様、こうした幻想世界が語り手「私」の自意識を舞台にしていたという事実なのである。たとえば『ふるさとに寄する賛歌』（昭和六年）の「私」は、自身の中にある「漠然と、拡がりゆく空しさ」を見つめるうちに、次第に「私は私が、夢のやうに遠い、茫漠とした風景であるのに気付」き、「この現実の瞬間が、思い出されてゐる夢であるやう」に思われてくるのであるという。心境小説的な枠組みの中に「見る自分」と「見られる自分」との対比が生み出され、そこからさらに、「ここから先へ一歩を踏み外せば本当の『無意味（ナンセンス）』になるという」「最頂点（パラロキシミテ）に於て、羽目を外して乱（らん）痴気（ちき）騒ぎを演ずるところのあの愛すべき怪物」としての「ファルス」（『FARCEに就て』昭和七年）の世界が切り開かれていく。その意味でも安吾のデビューは、心境小説、自意識の追求、さらにはナンセンスの系譜とが一つに集結した結節点としての意味を合わせ持つものといえよう。

注

（1）筋の面白さ、構造的な美観を小説の本質と捉える谷崎に対して、芥川は、筋がなく、かぎりなく「詩」に近い小説が存在しうるとした。昭和二年、芥川は論争のさなかに自ら命を絶った。それぞれ『饒舌録』（谷崎）、『文芸的な、余りに文芸的な』（芥川）に収録されている。

（2）ベルグソン（一八五九～一九四一）はフランスの哲学者。不断に創造される時間への反省的復帰を説いた。フロイト（一八五六～一九三九）はオーストリアの精神医学者。人間の心的活動に占める、「無意識」の領域を開拓した。

（3）内容理解の便宜をはかり、引用本文は後年に改訂された『稲垣足穂大全』（昭和四五年）に従った。ただし仮名遣いは歴史的仮名遣いに改めてある。

『風博士』：「風博士」の弟子である「僕」が、「風博士」と「蛸博士」との不可思議な関係について語る。

ファルス：farce もとはフランスの中世の笑劇を指すが、安吾はこの語を自らの作風のキーワードとした。

# VI 第二次世界大戦と文学

「大衆」ということばが今日と同じ意味で用いられるようになったのはまだ歴史が浅く、関東大震災後のことである。それは消費社会における不特定多数の群衆の出現と時を同じくしており、大正期の「民衆」観からの大きな転換を意味していた。こうした「大衆」像は、プロレタリア文学の「人民」の概念を経て、やがて戦時体制の進捗と共に、天皇の赤子（せきし）である「国民」へと再編されていくことになる。

一方、プロレタリア文学は弾圧によって火の消えたような状態になるが、続く「転向文学」の出現が「文芸復興」と呼ばれる時期にほぼ重なるのは決して偶然ではない。これらの背景に潜在していた可能性を一つ一つ掘り起こしてみることによって、われわれは文学がなぜ戦争の時代に無力でしかあり得なかったのかについて考える、重要なヒントを手にすることができるのである。

## 1　「大衆文学」の成立

大正の末頃から一般化する「大衆文学（文芸）」というジャンルは、歴史的には以下に挙げる四つの起源を持っていた。

一つには、講談の系譜。三遊亭円朝の講談速記*に始まって、講釈師、講談師による敵討ち、お家騒動、侠客伝などの口述筆記がすでに明治前期から流布していたが、これらを大系化した立川文庫が明治の終わりから大阪で刊行され始め、多くの読者を獲得していった。東京でも大日本雄弁会講談社（のちの講談社）が明治四四年（一九一一）に「講談倶楽部」を発刊し、口述ではなく、「書く講談」（新講談）が普及し始めることになる。近代作家の多くは講談を通して文学的自己形成を行っていったわけで、音声から離れ、「密室の芸術」になっていった近代小説の特異性を、ここから逆に考え直してみる必要がある。

第二に、「新講談」からさらに派生した「時代もの」の流れ。中里介山『大菩薩峠』（大正二～昭和一六年）と白井喬二『富士に立つ影』*（大正一三～昭和二年）がその代表例で、特に幕末の剣

---

三遊亭円朝の講談速記：第Ⅱ章の章末の注（1）（61頁）を参照。

『富士に立つ影』：幕末明治の富士のすそ野を舞台に、築城家相互の対立抗争を三代にわたって描く。

客、机龍之介を主人公にした『大菩薩峠』は、その孤高でニヒルな人物像が爆発的な人気を呼んだ。輪廻と流転をテーマに展開されるその壮大なストーリーは、「私小説」を中心とする日常のリアリズムを中心に推移していった文壇文学を、批判的に相対化する役割を果たしている。谷崎潤一郎が*芥川龍之介との論争の中で、『大菩薩峠』の可能性を最大限に評価している点とも合わせ、注目されるのである。

江戸川乱歩

第三には、探偵小説の系譜。大正九年（一九二〇）に「新青年」が創刊され、当初は海外の推理小説の翻訳から始まったが、大正一二年に江戸川乱歩が『*二銭銅貨』によって鮮烈なデビューを果たしてから、単なる推理小説ではなく、怪奇、幻想的な要素を織り込んだ独自の「探偵小説」がジャンルとして確立されていくことになる。『D坂の殺人事件』（大正一四年）は名探偵明智小五郎が初めて登場する作品だが、同時に人間の潜在心理、深層心理をいち早く題材にしている点が注目される。機械文明と猟奇的、耽美的な世界が融合した『パノラマ島奇譚』（大正一五年）もこの時期の代表作で、独自の唯美的な世界を開拓することに成功している。以後「新青年」は横溝正史が編集長となり、久生十蘭、夢野久作らが続々とデビューしていく舞台にもなった。夢野の代表作『ドグラ・マグラ』（昭和一〇年）は、狂気と不条理をテーマにした、きわめて特異な哲学推理小説になっている。

第四の流れとしては現代家庭を題材にした一般通俗小説の系譜をあげることができよう。明治期の『不如帰(ほととぎす)』（徳富蘆花）、『金色夜叉(こんじきやしゃ)』（尾崎紅葉）以来の系譜がそれで、大新聞の文芸欄（連載小説）がその舞台となった。菊池寛(かん)の『真珠夫人』（大正九年）は初恋の人の面影を胸に、成金の後妻として社交界に君臨するヒロインの、その数奇な運命を描いたもので、この作の成功以後、菊池は長編通俗小説の執筆へと進んでいくことになる。その方向転換の底に流れていたのは、生活の危険を伴わずに「人生の真相」の「案内記」を広く示すのが文芸の責務である、という信念（『文芸と人生』大正一五年）であった。ほかにも文壇文学から通俗小説に進んでいった作家に『破船(はせん)』*（大正一一年）で知られる久米正雄がおり、また、独自の少女小説『花物語』*（大正九年）を書いていた吉屋信子(よしやのぶこ)も、新聞小説の懸賞に当選したのを機に通俗小説に転じ、『良人(おっと)の貞操』*（昭和一一～一二年）などの連載小説を書き継いだ。「通俗小説」の多くは夫のエゴや社会の因襲に苦

---

芥川龍之介との論争：第V章の章末の注（1）（135頁）を参照。

『二銭銅貨』：ある窃盗事件をめぐって展開される、二人の青年の知的ゲームを描く。

『破船』：漱石の長女をめぐって弟子たちの間で繰り広げられた三角関係を題材にしている。

『花物語』：五二の小編からなる。女学校の寄宿舎を舞台に、さまざまな花のイメージを喚起するエピソードを集成。

『良人の貞操』：夫の浮気に苦悩する妻が、ヒューマニスティックに生きようとする姿を描いた長編。

しむ女性たちの自立をテーマにしており、男性主人公中心に動いてきた文壇文学が回避してきた問題を、はからずも照らし出す結果になっている。

これら四つの潮流が一つに合流する形で、昭和の初頭にはすでに「大衆文学」というタームが定着することになるが、その背景には第二次産業革命、大正デモクラシー、社会の高学歴化などに基づく大衆消費社会の出現があったことはいうまでもない。大正一四年に講談社から大衆娯楽誌「キング」が発刊されたのは象徴的で、ビラや気球を使った派手な宣伝の結果、創刊号は七四万部という、当時としては驚異的な部数を売り捌(さば)くことになった。講談社の社長、野間清治(せいじ)は「岩波書店」のアカデミズム路線に対抗して「ロー・エスト・インテリゲンチャ」、すなわち「知」の大衆化路線を宣言したが、それはまた、大正期教養主義を根底から相対化していくきっかけにもなった。実は「純文学」ということばが今日的な意味で用いられるようになるのは「大衆文学」という概念が成立するのとほぼ時を同じくしており、それは常に崩壊の危機にあるものとして、勃興する「大衆文学」から自らを擁護する概念として、文壇文学の側から提出されたタームにほかならなかったのである。新聞をはじめ膨大な読者を抱える「大衆文学」に対して当時の「純文学」の作家が出版ジャーナリズムの中でいかに危機的な状況にあったかは、たとえば広津和郎の『昭和初年のインテリ作家』(昭和五年)に詳しい。事実文壇はプロレタリア文学への弾圧が強まる中で、昭和の四、五年から数年間、深刻な閉塞状況に陥ることになるのである。

## 2　文芸復興の時代

「純文学」の衰退が懸念された数年間を経て、昭和八年頃から今度は一転して「文芸復興」が叫ばれるようになり、以後戦時体制へと移行するまでの三〜四年間、文壇は再び活気を呈することになった。現象として最も目立ったのは、それまで事実上「新潮」一誌であった純文学商業ジャーリズムに、あらたにこの年、「文学界」「行動」「文藝」が名乗りをあげたという事実であろう。「文学界」が毎号新人の発掘に力を入れ、「文藝春秋」が翌昭和九年に芥川賞、直木賞を設立したのも（第一回授与はその翌年）、メディアの需要に伴って、既成流派を超えた「新人」への待望論が高まりを見せていたからにほかならない。だが、新しい世代がただちにこれに応じたわけではなく、むしろプロレタリア文学の退潮に伴い、それまで沈黙を守っていた大家たちが再び旺盛な創作活動を開始したというのが、その当初の動向であ

文藝復興座談會

プロレタリア作品の沒落……プロレタリア文學は純文學に影響を與へたか……既成作家はプロレタリア作家をどうみる……藝術の科學的精神――所謂大作は盛になるか――純文學は再興してない……現代の心理的作家――若い人々の描く世界――現代作家に現はれた外國文學の影響――マルキシズムと辯證法――ブルジョア文學の科學的精神――新しい方向へ――現代の批判な歴史小說によつて――綜合のプロレタリア藝術――プロレタリア文學は復活するか――歴史小說はいかぬの說……大衆小說に無用だ――通俗小說と純文學の距離――新聞小說――大作傑作はどうして出るか……映畫と大衆小說の魅力――學校敎科書に文學があるか――谷崎ファンの激增……純文學は如何にして發達するか……自然主義時代の苦しみ――新しい道德が先決條件――新しい文學運動は起きぬか……新人石坂洋次郎――庄野誠一――既成作家の今後……里見氏の無法人――文學の思想――作家の態度――ジャアナリズムと文學

出席者
深田久彌
廣津和郎
川端康成
小林秀雄
直木三十五
佐藤春夫
杉山平助
德田秋聲
横光利一
宇野浩二
菊池寬

**菊池**　今日はどうも有難うございました。今日は別に大した題もないんですけれども、最近純文學が勃興しかけたやうな樣子がありますから、それに付て是からの純文學とり、御希望なりを話して戴きたいと思ひます。それに付て今迄のプロレタリア文學の隆盛時代に於ける純文學の位置とか云ふやうなことに付ても、回顧的に話をして戴き

**プロレタリア作品の沒落**

**記者**　一番先にどう云ふ譯でプロレタリア文學が沒落して行くことになつたかと云ふや

（196）

「文芸復興座談会」（「文藝春秋」昭8・11）

# 春琴抄

谷崎潤一郎

春琴、ほんたうの名は鵙屋琴、大阪市東區道修町の藥種商の生れであつて歿年は明治十九年十月十四日、墓は市内下寺町の淨土宗の某寺にある。先達通りかゝりにお墓參りをする氣になり立ち寄つて案内を乞ふと「鵙屋さんの墓地はこちらでございます」といつて寺男が本堂のうしろの方へ連れて行つた。見ると一と叢の椿の木かげに鵙屋家代々の墓が數基ならんでゐるのであつたが琴女の墓らしいものはそのあたりには見あたらなかつた。むかし鵙屋家の娘にしか〴〵の人があつた筈ですがその人のはといふと暫く考へてゐて「あ、それならあれにありますのがそれかも分りませぬ」と東側の急な坂路

『春琴抄』(「中央公論」昭8・6)

った。中でも目立ったのは『町の踊り場』（昭和八年）を経て『仮装人物』（昭和一〇年）にいたる徳田秋声の活動、『枯木のある風景』（昭和八年）による宇野浩二の文壇復帰、『つゆのあとさき』（昭和六年）、『ひかげの花』（昭和九年）を経て『濹東綺譚』（昭和一二年）にいたる永井荷風の活躍などであった。このほかにも島崎藤村の『夜明け前』が完結したのが昭和一〇年、志賀直哉の『暗夜行路』が完結したのは昭和一二年のことである。

谷崎潤一郎は関東大震災に伴う関西移住、佐藤春夫への妻の「譲渡事件」、根津松子との出会いなどを経て、次第に母性憧憬のモチーフを色濃くし、題材も古典に取材したものへと作風を変化させていく。『春琴抄』（昭和八年）は盲目の美女春琴と奉公人佐助の物語で、春琴が顔に大やけどを負ったとき、彼女の美しさのイメージを永遠化するために、佐助もまた自らの瞳孔を針でつぶすのである。

程経て春琴が起き出でた頃手さぐりしながら奥の間に行きお師匠様私は*めしひになりました。もう一生涯お顔を見ることはございませぬと彼女の前に額(ぬか)づいて云つた。佐助、それはほんたうか、と春琴は一語を発し長い間黙然と沈思してゐた佐助は此の世に生れてから後にも先にも此の沈黙の数分間程楽しい時を生きたことがなかつた（略）過日彼女が涙を流して訴へたのは、私がこんな災難に遭つた以上お前も盲目になつて欲しいと云ふ意であつた乎(か)そこ迄は忖度(そんたく)し難いけれども、佐助それはほんたうかと云つた短かい一語が佐助の耳には喜びに慄へてゐるやうに聞えた。

マゾヒズムと古典美とが融合した不可思議な世界をかたちづくっている点に注目したい。谷崎が源氏物語の現代語訳に取りかかるのもこの頃のことで、王朝女流文学の文体を意識し、句読点

---

『町の踊り場』：腹違いの姉の葬儀で帰省し、町で精進破りをする「私」の心理を描く。

『仮装人物』：作家志望の奔放な女と、初老の小説家との関係を扱う。秋声については74～75頁参照。

『枯木のある風景』：画家、小出楢重(こいでならしげ)をモデルに、その枯淡とした晩年の画境を描く。

『つゆのあとさき』、『ひかげの花』：『つゆのあとさき』は、銀座のカフェーの女給を中心にした人間模様、『ひかげの花』は、私娼とそのヒモの生活を哀感をもって描く。荷風については89～92頁を参照。

めしひ：視力を失うこと。

雪國
國境の長いトンネルを
抜けると雪國であつた。
夜の底が白くなつた。信
號所に汽車が止まつた。
向側の座席から娘が立つて

『雪国抄』(昭47、ぽるぷ出版)　晩年の直筆本

や会話のカギ括弧が極力省かれている。ひとたびできあがった「言文一致」という制度を超え、文章をあらためていかに創っていくか、という課題は、この時期新旧世代を超えたものでもあったわけである。

　一方、昭和文学の実質的な担い手である川端康成は、『*浅草紅団(くれないだん)』(昭和五年)でモダニズムに傾斜した後、『*禽獣(きんじゅう)』(昭和八年)を経て、昭和一〇年、集大成としての『雪国』の発表を開始することになる。次に挙げるのは当初短編『夕景色の鏡』として発表された、冒頭に近い部分である。

　鏡の底には夕景色が流れてゐて、つまり写るものと写す鏡とが、映画の二重写しのやうに動くのだつた。登場人物と背景とはなんのかゝはりもないのだつた。しかも人物は透明のはかなさで、風景は夕闇のおぼろな流れで、その二つが融け合ひながらこの世ならぬ象徴の世界を描いてゐた。殊に娘の顔のたゞなかに野山のともし火がともつた時には、島村はなんともいへぬ美しさに胸が顫(ふる)へたほどだつた。

形あるもの、固定化したものに再び息吹きを与えていこうとするとき、川端独自の輪廻転生のテーマが表れることを、前章に指摘してみた。主観と客観とが相互に反転し、境界線が朧化してくるそのさなかに、この世であってこの世でない、第三の世界が立ち現れてくるのであり、「象徴」ということばはその重要なキーワードなのである。

一方、堀辰雄は昭和初頭に「詩」から「小説」に転ずる際、「我々ハ《ロマン》ヲ書カナケレバナラヌ」（昭和四年八月三〇日、日記）という固い決意をもって、本格的なフィクションをめざすことになる。その結実でもある『聖家族』*（昭和五年）は、あくまでも全能的視点が貫かれた客観小説の形がとられていた。だが、やがてプルーストの『失われた時を求めて』の影響[1]を受けて、堀の文学は大きく旋回し始める。彼もまた、一人称の語り手の意識を舞台に現実と非現実との交錯を描きだす実験をさまざまに試み始め、やがてこれらは『美しい村』*（昭和八～九年）と『風立ちぬ』*（昭和一一～一三年）の二作品に結実するのである。小説家「私」の「書く」意識を

『浅草紅団』：浅草を根城にする少年少女たちと親しくなった「私」は、その中の一人である弓子の、男に復讐しようとする気丈な生き方に立ち会う。

『禽獣』：独身の「私」のまなざしのうちに、若い踊り子千花子と、飼っている小鳥や犬たちとの生き様が重層する。

『聖家族』：一人の青年と、未亡人母娘との恋愛心理の葛藤、屈折を描く。青年の師のモデルは芥川龍之介。

『美しい村』：K村（軽井沢）を散策する「私」の心理の流れを季節の推移と共に描く。

太宰治　第一創作集『晩年』（昭11、砂子屋書房）口絵写真

舞台に、夢と現実のはざまを漂う、「私」の意識の変容そのものがあぶりだされていく点にその特徴を指摘することができよう。

これと前後して、アンドレ・ジイド*が『贋（にせ）金づくり』で提唱した「純粋小説」の理念がこの時期論議を呼ぶことになった。芸術作品はたとえどのようなジャンルであっても、単に対象を表現するだけでなく、同時にそれがいかなるジャンルであるのか（たとえば音楽とは何か、彫刻とは何か）を同時に問い返していく機能を合わせ持っていると考えられる。「小説」の場合は特にこうした性格が強く、なぜその小説が書かれることになったのか、というメタ・レヴェルの視点を物語の語り手が自由に織り込んでいくことが可能なのである。ジイドは一つの事件や一人物の心理がいかに違って見えるかに徹底的にこだわり、「小説」を書く行為自体を無限に相対化していくことのできる性格に、小説それ自体の純粋性の根拠を求めた。先の堀辰雄の変化はまさにこうした時代状況を反映したものであったし、横光利一が『純粋小説論』（昭和一〇年）において第四人称——自分を見る自分としての自意識——の導入を提唱し、続いて小林秀雄が『私小説論』（同）で、作家である「私」を舞台に「描き方といふものを材料として、作品を創」っていくことの可能性を提唱したのもこれに深くかかわっていたのである。

第一回芥川賞候補に太宰治、高見順らが名乗りをあげ（受賞は石川達三の『蒼氓（そうぼう）』*）、石川淳の『普賢』*が第四回芥川賞（昭和一一年）を受賞するにいたって、いわゆる「自意識過剰の饒舌体」を駆使する新人作家たちの存在が明らかとなる。性格や心理を確定された「事実」として提示するのではなく、相対的な状況の中から「見え方」のヴァリエイションとしてあぶりだしていく方法を、たとえば太宰治の初期作品、『道化の華』（昭和一〇年）に確認しておきたい。題材は太宰その人の心中未遂体験が踏まえられているが、作中には書き手「僕」が、さまざまな注釈を挿入していくことになるのである。

なにもかもさらけ出す。ほんたうは、僕はこの小説の一齣（ひとこま）一齣の描写の間に、僕といふ男の顔を出させて、言はでものことをひとくさり述べさせたのにも、ずるい考へがあつてのこ

『風立ちぬ』：高原で療養する恋人に付き添う「私」の、心象の変化を描く。

アンドレ・ジイド：André Gide（一八六九〜一九五一）　フランスの小説家。『贋金つくり』（Les Faux-monnayeurs 一九二六）は私生児ベルナールが冒険と賭を求める生活から脱却していく過程を描く。

『蒼氓』：ブラジル移民たちの悲惨な境遇を告発した社会小説。

『普賢』：巷の庶民の生態に足を取られていく小説家「わたし」の姿に、「転向」後の時代状況が投影されている。

となのだ。僕は、それを読者に気づかせずに、あの僕でもつて、こつそり特異なニュアンスを作品にもりたかつたのである。それは日本にまだないハイカラな作風であると自惚れてゐた。しかし、敗北した。いや、僕はこの敗北の告白をも、この小説のプランのなかにかぞへてゐた筈である。できれば僕は、もすこしあとでそれを言ひたかつた。いや、この言葉さへ、僕ははじめから用意してゐたやうな気がする。ああ、もう僕を信ずるな。僕の言ふことをひとことも信ずるな。

「作家は黒白をつけるのが与へられた任務であるが、その任務の遂行は、客観性のうしろに作家が安心して隠れられる描写だけをもつてしては既に果し得ないのではないか。白いといふことを説き物語る為だけにも、作家も登場せねばならぬのではないか。作家は作品のうしろに、枕を高くして寝てゐるといふ訳にもういかなくなつた」（『描写のうしろに寝てゐられない』昭和一一年）という高見順の宣言はこれら一連の動向を象徴するものであり、『故旧（こきゅう）忘れ得べき』（昭和一一年）はまさにその実践にほかならなかった。

「復活」した既成大家たちの作品と、若手小説家たちの自意識の実験と――「文芸復興」の実質をなすこの二つの潮流は、一見その性格を異にするもののように見えるが、荷風の『濹東綺譚』は、二つの流れをみごとに集約しているように思われる。作品は小説家「わたくし」が「失踪（しっそう）」という作中作を構想する物語でもあり、さらに本編のあとに「作者贅言（ぜいげん）」と題する後日談が付け加えられることによって、いわば幾重にもわたって「わたくし」の注釈が交差し、「純粋小説」さながらの視点のヴァリエイションが示されていくことになる。こうした操作によって「わたくし」は現実からは一定の距離を置いた「見る人」の位置にとどまり続け、計算し尽くされた距離から、失われつつある濹東*の地への郷愁と抒情が浮き彫りにされていくのである。

## 3 「転向文学」の時代

昭和八年二月、小林多喜二が特高に検束されて獄死し、続く同年六月、非合法共産党の最高幹部、佐野学（まなぶ）、鍋山貞親の両名が獄中で転向声明を発表したのを機に、プロレタリア文学運動はなし崩しの壊滅状態に陥り、島木健作の『癩（らい）』*（昭和九年）、『盲目』（同）、村山知義の『白夜（びゃくや）』*（同）、中野重治の『村の家』*（昭和一〇年）など、「文芸復興」と平行して、いわゆる「転向文学」


濹東の地：隅田川中流の東岸の総称。私娼街、玉の井が小説の舞台。

『癩』、『盲目』：ハンセン氏病、あるいは失明に苦しみながらもなお共産革命への情熱を失わぬ闘士と対照させ、間接的に「転向」を描く。

『白夜』：妻との関係を軸に、「転向」していく夫の姿を描き出す。

『村の家』：転向し、出獄した青年が郷里に帰省し、村の論理を体現した父の生き方を目の当たりに、自らの人生を模索する。

が文芸誌を賑わせていくことになる。これらの作品はいずれも主人公自身の「転向」の具体的経緯が省筆されている点に特徴があり、また、自らの「転向」を非転向同志への憧憬に託して間接的に語っていく点で共通していた。いわば「非転向」という「あるべきはずであった自己」を鏡に、そこから距離を生じつつある「かくある自己」の偏差を、さまざまな形で浮き彫りにしようとする点にその特色があったのである。「やはり書いて行きたいと思ひます。」という有名な一句で結ばれる『村の家』をはじめ、そこで問われていたのはいずれも「小説家」を舞台に、不定形な「私」をあぶりだし、あらたに放り出された裸形の現実との関係を再構築していこうとするモチーフにほかならない。

蘆溝橋(ろこうきょう)事件に端を発して戦時体制が本格化し、島木健作の『生活の探求』(昭和一二年、同続編、昭和一三年)がベスト・セラーになったのをきっかけに、以後「転向文学」はそれまでの性格を大きく変え、心ならずの「転向」から、積極的な「転向」声明へ、さらには国策文学へと転換を遂げていくことになる。たとえば次にあげるのは、『生活の探求』において、東京の大学をやめて帰郷した主人公が帰農生活の意義に目覚めていくくだりである。

彼の歩みは、何か生活的なもの、実質的なもの、中身のぎつしり詰つてゐるもの、生産的なもの、建設的なもの、上附(うわつ)かずにじつくり地に足のついたもの、さういふ内容一般に強く心を惹(ひ)かれるといふ、きはめて漠然とした抽象的な姿において始められたのである。ちやうどさういふ時、彼の村の生活は彼の前に展（ひら）けたのである。それは新鮮な魅力だつた。村の生活のどんな小さな断片でもが、生々とした感情を彼に呼びさまさずにはゐなかつた。（略）（一）

一見実に何でもなく見える、つまらなくさへ見えるやうな日常生活の営みのなかにも、いかに多くの農民の苦しみや悲しみや喜びや、あるひはまた工夫や発明や智慧や創意やが折り込まれてゐるかといふことは、最初の井戸掘の経験以来、彼の感じてやまぬことであつた。（略）一口に云へば彼は生活を感じた。（九）

ここにいう「生活」とは、実は昭和一〇年代の文学を貫くキーワードでもあった。以後、農村、工場その他、「生活」の実質を求めて、小説はこの時代、題材の範囲を急速に広げていくことになる。有馬農相の呼び掛けによって農民文学懇話会が発足（昭和一三年）したのも、日中戦争の進行に伴って兵士の圧倒的多数を送り出している農村への関心が高まっていた背景と別ではない。和田伝（でん）の『沃土（*よくど）』（昭和一二年）、伊藤永之介の『梟（*ふくろう）』（昭和一一年）、『鶯（うぐいす）』（昭和一三年）などの

---

『沃土』：村落共同体の中で私欲を隠さずにたくましく生きていく農民たちの個性が浮き彫りにされている。

『梟』、『鶯』：『梟』は東北の農民たちが生活に困り密造酒づくりに精を出すさまを、『鶯』は小さな警察署を舞台に、そこに現れる人々を通して農村の貧しい現実を描く。

# 鶯

伊藤永之介

夕方に近く風が落ちて埃りのしづまつた往來を、小さい風呂敷包みを背負つた瘦せた婆さんが、摺り切れて踵の後ろの藁が彈けてしまつた草履をひきづりながらのそ〳〵と歩いていつた。十足歩いては立ちどまり、また少し行つては腰をのばし、そこいらの店の構えや看板などをしげ〳〵と眺めてゐる様子は、昔とすつかり變つてしまつた町の有樣に眼を見張つてゐるやうでもあり、また訪ねる家をさがしもとめてゐるやうでもあつたが、間口二間の硝子戸に農産物檢査所といふ大きな看板の下つてゐる建物の前まで來ると、沼に降り立つた鷺のやうに瘦頸をのばしてぢつといつまでも彷んでゐたが、やがて決心したやうに入口に近づいてそつと硝子戸を押しあけた。私ははあ、赤澤からかうして出て來たものだすども、と婆さんは言ひ、退屈まぎれにぼんやり往來を眺めてゐた黒い詰襟を着た男が振り向いて次の言葉を待つてゐると、なんとか旦那さんに、娘の居どころさがして貰ひたいと思つてしな、

『鶯』(「文藝春秋」昭13・6)

佳作が次々に生み出されたことからもわかるように、近代の歴史において、実はこの時期ほど農村が好んで小説の素材に選ばれた時期もほかにはなかったのである。

これと平行して国策文学、生産文学と言われる一連の作品群が登場する。間宮茂輔(まみやもすけ)の『あらがね』*(昭和一二〜一三年)、中本たか子の『南部鉄瓶工(なんぶてつびんこう)』(昭和一三年)などが主なものだが、これらがいずれも転向作家の手になるものであったのは決して偶然ではない。こと政治的素材主義という一点に関するかぎり、プロレタリア文学と国策文学とは表裏一体の関係にあったわけで、「転向文学」は、ひとたびその遠近法を見失った時、なしくずしに現実の「生活」実感へと傾斜していく陥穽(かんせい)を秘めていたのである。

おそらく問われるべきは、現実の「生活」実感を安易に絶対化することなく、状況との関係をしたたかに眺め換えていく文体の力なのであろう。ここで、その最も興味深い可能性の一つを、

先にあげた伊藤永之介の一連の「鳥類もの」に確認しておきたい。次に示すのは、田舎の警察署を舞台に、そこに訪れる貧農たちの生活がさまざまな角度からあぶりだされていく『鶯』という作品からの引用である。

警察にもときどき物売りがやつて来ることがあつたが、そのとき頰冠りをしてもつぺを穿(は)いた女がのつそり這入つて来て、旦那さんがた、鳥を買つて呉(く)ないすべか、と声をかけた。饂飩(うどん)を食つてゐた巡査が、鳥こつて何だ、食う鳥か、啼(な)かせる鳥か、と顔を上げると、うんと声のいい鶯だす、と女はもう買手を摑(つか)んだやうなほくほくした顔つきで上つて来て風呂敷包みをほどきはじめた。おやおや、ほんとだ、鶯にちがいない、んだども、啼(な)かないのでないかとお昼の弁当をつかつてゐる連中は立つたり坐つたりで箸(はし)をつかひながら、床板の上に置かれた真つ黒に煤(すす)けた鳥籠(かご)のなかをのぞいたが、誰が啼かない鳥持つて来るて、と女は真面目腐つた顔つきで言ひ、値段をきかれると、さあなんぼくらゐするもんだすべ、俺あ相場知らねども、旦那さんがたの眼で相当値段だば、なんぼでもええす、とみんなの顔を見廻(みまわ)した。

『あらがね』：米騒動前後の時代、銅山を舞台に、労働者たちの気質や性格を描き出した長編小説。

作品は線状的なプロットを持たず、オムニバス形式で進行していく。会話のカギ括弧や改行、句点を極力省略して地の文と作中人物の台詞とを一体化することによって、人物たちは共通の方言世界の中に溶かしこまれていくのである。名もない群衆一人一人を、相違を含む一個の全体として語りだしていくこうした複眼的、包括的な語りにこそ、かつての自意識過剰の饒舌体が「生活」の中に個人の位置を策定していく、一つの重要な契機が秘められていたのではなかったか。

舞台は農村ではないが、同様の可能性を、石川淳の『普賢』、『日本三文オペラ』（昭和七年）から『銀座八丁』（昭和九～一〇年）へと続く武田麟太郎の作品、阿部知二の『冬の宿』（昭和一一年）、高見順の『如何なる星の下に』（昭和一四～一五年）、広津和郎『巷の歴史』（昭和一五年）などの作品に求めることができよう。陋巷の庶民の生き様に密着すると同時にそれを絶対化することなく、饒舌な説話体を駆使していくその方法には、「転向」後の知識人作家の進むべき可能性が、確かに示唆されていたように思われる。

昭和一〇年代の青年たちの精神的支柱となり、超国家主義的な美学を主張する象徴的役割を担った存在として、保田與重郎を中心とする、雑誌「日本浪曼派」のグループがあった。[2] のちに高見順が「転向」から別れた二つの枝であると回想するように、少なくともその出発点において、日本浪曼派は、人民戦線を意識した、武田麟太郎、高見順らの雑誌「人民文庫」（昭和一一～一三年）のグループとも多くの問題意識を共有し合っていたのである。たとえば保田與重郎の初期作品の中から、『いんてれくちゅえれ・かたすとろおふあ』（昭和七年）の一節を引いてみることにしよう。

わたしはなんでもよい、書いてみてみたい、わたしはねつしんに自ぶんにしやべつてみた、それに——何もかもわからぬ。しかし筆をもつてみると、いつたいなにからかいてゆくのか、一たいなにから書いてゆくのか。——こんな悠暢な気分をいまだにもつことが、まつたくまつくらで、思へばかぎりない不可解さだ。こんな気持は、わたしのおしせまつたみにくい焦燥を、しひてこじりつかせるのでない、と、わたしが断言できない。考へれば考へるほど、わたしはわたしがかつての日にしやべつたり、行動したり、してきたことが、いつぱうはづかしいとおもふのに、すぐに一向とりとめなくみぢめに、まして今度の決心へまでの懊悩がより一しほばか〳〵しく、なんのめあてかとさへおもはれる。


『日本三文オペラ』：浅草のアパートに住む人々のつましい日常をペーソスをもって描く。

『銀座八丁』：銀座のバーの女主人を中心に、店に出入りするさまざまな人間模様を描く。

『冬の宿』：東京の素人下宿に移り住んだ大学生の目を通して、その家族たちの生きざまが描き出される。

『如何なる星の下に』：一人の小説家が浅草のアパートに移り住み、踊り子をはじめ、地元の人々と親しんでいく。

『巷の歴史』：日清戦争後を舞台に夫に見切りを付けて上京した女主人公が、下宿屋を営んで成功するさまを描く。

自らのマルクス主義体験を独自の饒舌体（一人称告白体）で綴ったこの短編は自殺者の手記の形をとっているのだが、たとえば高見順の饒舌体と一脈通じるものを持ちながらも、ここに説かれる「死」のイメージは、その後限りなくナルシシズム、さらにその延長線上にあるロマン主義的な〝死への憧憬〟へと傾斜していくことになったのだった。いわゆる自意識過剰の饒舌体は、若者たちを死へかりたてていく超国家主義と、現実の陋巷に沈潜していく志向という、相異なる二つの方向性を秘めていたものと考えられるのである。

## 4 戦時下の小説

昭和一三年九月、久米正雄、丹羽文雄、岸田國士、林芙美子らが従軍作家陸軍部隊として中国へ向かい、同海軍部隊として菊池寛、佐藤春夫、吉屋信子らが出発した。いわゆる「ペン部隊」の走りである。呼び掛けは内閣情報部であったが、むしろリアルな「現実」の先端に触れ、新たな「素材」を開拓したいという文学者らの自発的な願望が、やがては当局の隠微な情報操作に絡めとられていく過程としてこれを見ることができよう。事実その規模の大きさに比して、実作の収穫は丹羽文雄の『還らぬ中隊』*（昭和一三年）などをのぞき、一般にはきわめて乏しい。新たな「生活」を模索しようとするモチーフは、戦場というあまりにも赤裸々な現実に直面した時、前線の兵士とそれを傍観するしかない従軍者との埋めようのないギャップを暴きだしてしまうことになる。その中であえて描くとするなら、戦争の残虐性には意図的に眼をつぶり、これを抒情化することによって生活実感の共有をはかっていくしかすべはない。たとえば戦場のせつないほどの〝美しさ〟を強調し、戦争美化として今日悪評高い、林芙美子の『戦線』（昭和一三年）には、本文の内容と呼応するように兵士と著者の並んだ写真が挿入され、手書きのスケッチと共にルポルタージュとしての演出が高められている。ルポルタージュにおいて抒情と臨場感とは相反せず、むしろ相補い合うように目前の「現実」を絶対化してしまうことになるのである。上田広『黄塵』（昭和一三年）、日比野士朗『呉淞クリーク』（昭和一四年）等、それまで作家としてほとんど無名であった「前線」の兵士の作品が

林芙美子　『戦線』より

『還らぬ中隊』：内閣情報部の命を受け、漢口作戦に従軍した体験を元に執筆された。
『黄塵』：作者は日中戦争勃発と共に出征して中国大陸を転戦。この作品も陣中で執筆された。
『呉淞クリーク』：呉淞にあるクリーク（川の支流）の渡河作戦に参戦し、負傷した体験を元に執筆された。

『麦と兵隊』（「改造」昭13・8）「日記」とある

次々に文壇を席巻していった事情も、いわば「銃後」の立場から、一種奇妙なコンプレックスをもって戦争を見守っていた文壇作家たちの思いと深く関連していたのである。

この点をめぐって、火野葦平（ひのあしへい）は昭和一〇年代文学の申し子のような存在であった。事実上のデビュー作、第六回芥川賞『糞尿譚』（*ふんにょうたん）（昭和一二年）はまさしく高見順を思わせる饒舌体が駆使されており、その意味では「文芸復興」期最後の落とし子でもあったはずなのだが、これを書いた直後に火野は召集され、徐州会戦を題材にした『麦と兵隊』（昭和一三年）は一躍戦争文学のベストセラーになるのである。作中の一節を引いてみたい。

> 私も一兵隊である。何時（いつ）戦死をするやも測られぬ身である。しかしながら、戦場に於て、私達は死ぬことを惜しいとは考へないのである。これは不思議な感想である。そんな馬鹿なことはない。命の惜しくない者は誰も居ない。私も人一倍生命が惜しい。生命こそは最も尊きものである。然（しか）るに、この戦場に於て、何かしら、その尊い生命を容易に棄てさせるものがある。（略）多くの生命が失はれた。然も、誰も死んではゐない。何にも亡びてはゐないのだ。

兵隊は、人間の抱く凡庸な思想を乗り超えた。死をも乗り超えた。それは大いなるものに向つて脈々と流れ、もり上つて行くものであるとともに、それらを押し流すひとつの大いなる高き力に身を委ねることでもある。

ここに描かれる「兵隊」の思想は、昭和一〇年代を支配した運命共同体的感性そのものであると言ってよい。作者は前書(まえがき)で、これは従軍日記であって「小説」ではないと断言していたはずなのだが、多くの写真が挿入されていたこともあって、結果において、ここでもルポルタージュ形式のもたらす現実の絶対化が、一般読者を戦場賛美へと駆り立てていくことになったのである。以後『土と兵隊』『花と兵隊』を含めた「兵隊三部作」が昭和一〇年代を代表する戦争文学として称揚されることになるが、それに反比例するように、現実をしたたかに眺め換えていく語り手の自意識もまた、減殺されていくことになったのであった。

昭和一六年一二月八日を境に、文学者の時局認識には大きな変化が訪れることになる。真珠湾攻撃に始まる日米海戦の第一報を伝えるラジオ放送は、「身体の奥底から一挙に自分が新らしいものになつたやうな感動」(伊藤整『十二月八日の記録』昭和一七年)を文学者たちにもたらした点で共通し、それまで時局に批判的であった作家たちまでもが、これを機に、一斉に国体賛美に

『糞尿譚』: 地方都市で糞尿汲取業を始めた青年が市政の矛盾に直面し、これと闘う過程を描く。

近い言辞を記し始めることになる。おそらくそこに共通していたのは自分のためだけに作品を書く態度を脱却しうるという喜び（石川達三『国富としての文学』昭和一七年）であり、またわが身と家族の運命を国に預けることができるのだという安堵感（伊藤整、既出）であったわけで、こうした「家族国家」の自覚は、同時にそれまでの「前線」に対するコンプレックスを穴埋めしていく推進力にすり替えられることになったのである。

〝敵〟が欧米にすり変わった日米開戦は、一方で知識人の間で西欧的な近代合理主義を克服していく「知的戦慄」としても受け止められていた。[3] 昭和一二年から戦後の二一年まで、足掛け一一年にわたって書きつがれた横光利一の『旅愁』*は、こうした「近代」の総決算としての意味を持つものでもあったはずなのだが、西洋近代科学に対置するに、愛国心に裏打ちされた古代神道をもってするという形で、あまりにもスタティックなイデオロギーにこの問題が収斂していった時、同時代文学の持つ重要な可能性の灯が一つ、消えていくことになったのである。

昭和一三年に石川淳の『マルスの歌』*、石川達三の『生きてゐる兵隊』*が相次いで発禁処分となり、事実上の執筆禁止に追い込まれていた中野重治、宮本百合子等の動向ともあいまって、戦時下の言論統制が、以後執筆者に重くのしかかっていくことになる。やがて大政翼賛（たいせいよくさん）の一端を担うべく、内閣情報局指導下の一元組織として日本文学報国会が設立（昭和一七年）され、主要文学者四〇〇〇名がこれに網羅されていった。主な事業として昭和一七年から一九年にかけて占領下アジア各国の文学者代表を召集して「大東亜文学者会議」が開かれたこと、第二回東京大会で

「大東亜共同宣言」の作品化が提唱されたことなどが記憶されるが、総じて具体的な成果には乏しい。

戦時配給制の中にあって次第に印刷用紙の不足が深刻なものとなり、昭和一六年には全国の文芸同人誌九七誌が八誌に統合され、総合雑誌も次々に統廃合が進んでいく。昭和一八年の谷崎潤一郎の『細雪』の掲載禁止も、まさにこうした圧力のしからしむるところであったわけで、月毎に薄くなっていく雑誌の頁数を見るかぎり、一見文学は衰微していったような錯覚に陥りがちである。しかし一方では、書き下ろしの戦記ルポルタージュを中心に昭和一〇年代の戦争文学関係の単行本が一〇〇〇点を超していたという事実があったことも忘れてはならないだろう。白川渥が『涯』（昭和一五年）で戦争未亡人の再婚という禁忌に触れ、また金史良が朝鮮民族の出であるという理由のためにそれぞれ最有力候補でありながら芥川賞を落選している経緯などにうかがえるように、時代と真摯に向かいあっていた佳作がなお多く埋もれたままになっている。これらを虚心坦懐に再検討し、「空白」を埋めていく視点が、今、何よりも必要とされているのである。

---

『旅愁』：パリに勤める会社員と、彼が渡欧中に知り合った恋人との関係を軸に、西欧と日本、科学と信仰の対立が問い返されていく。

『マルスの歌』：街頭の流行歌に象徴される、軍国主義、全体主義的な風潮への違和感を描く。

『生きてゐる兵隊』：昭和一二年暮れの南京占領時の、陸軍の集団的な実態を描く。

この時期の小説に再検討を加える場合、作者がどのような形で抵抗を貫いたかという〝証拠〟を作中から切り取り、抵抗・協力の二項によって切り分けていくだけでは、おそらく問題は解決しない。被害者として戦争を語る、という枠組みの限界も、すでに今日明らかであろう。植民地支配の下で、強いられた「日本語」によって書かれた小説を、「日本文学」という範疇のみで裁くことは不可能なのであり、たとえば『山月記』（昭和一七年）で知られる中島敦が南洋庁の役人としてパラオに赴き、さまざまな発見を書き継いでいったように、異文化との出会いによって逆に「日本」という概念がどのように相対化され、変容を強いられていたのかを問う視点が、あらためて求められているのである。

注

（1）プルースト（一八七一〜一九二二）はフランスの小説家。『失われた時を求めて』（A la recherche du temps perdu 一九一三〜二七）は、「私」の自伝的回想の形をとりながら、深層の心理や連想を自在に浮き彫りにした長編小説。欧州の二〇世紀文学の展開に決定的な役割を果たした。

（2）主要同人は保田のほか、亀井勝一郎、神保光太郎、中谷孝雄、伊東静雄らで、のちに萩原朔太郎、佐藤春夫、三好達治、林房雄らが加わった。

（3）「知的戦慄」とは、昭和一七年の雑誌「文学界」の「近代の超克」特集での河上徹太郎の発言。西欧的知性と「日本人の血」との相克、という観点から開戦が捉えられている。

# Ⅶ　戦後文学の展開

　敗戦は「滅私奉公」に象徴される共同体意識や超国家主義的なナショナリズムから人々を解き放った。以後日本は、昭和二六年（一九五一）のサンフランシスコ講和条約（発効は翌年）まで占領軍（GHQ）の統治下に入るのだが、当初の占領政策が進歩的、理想主義的な色彩を帯びていたこともあって、敗戦当初の日本には、確かにある種の解放感が漂っていた。文壇もそれまでの国策文学が影を潜めたことによって一時的な真空状態に陥り、それを埋めるべく、あらたな担い手による「戦後文学」がさまざまな相貌をもって立ち現れることになる。興味深いのはそれぞれの文学者の「戦争」体験の質が如実にそこに投影されている点で、戦前―戦中―戦後を一つの連続体として捉え、文学者個々の自己形成にまでさかのぼってみることによって、われわれはあらためて〝解放〟の虚実を振り返ることが可能になるのである。

## 1 「新日本文学」と「近代文学」

戦後、「文化国家」をスローガンに、多くの文芸雑誌、総合雑誌が創刊（復刊）された。文学者が執筆に加わったものだけで四、五百種類は下らないと思われるが、用紙の高騰による出版不況も手伝って、その大半は昭和二五年ぐらいまでに姿を消すことになる。大手出版社の寡占体制が確立されるまでのこの数年間は、実は戦後文壇の混乱期にほぼそのまま重なっており、少なくともこの時期に関する限り、「中央文壇」という概念を安易に前提とするのは危険であろう。たとえば川端康成、高見順ら鎌倉に疎開した作家たちが独自の出版活動を行っていたように、作家の多くは疎開先になおしばらくとどまっており、草の根的な文化活動のもと、「中央」―「地方」という枠組みの再編が進んでいたのである。

戦後のジャーナリズムの需要にただちに答えることになったのは、戦時に表だった時局賛美をせず、沈黙を強いられていた大家たちの作品であった。永井荷風の*『踊子』（昭和二一年）、志賀直哉の*『灰色の月』（同）、谷崎潤一郎の*『細雪（ささめゆき）』（昭和二一〜二三年）、宇野浩二の*『思ひ川』（昭和二三年）などがあげられるが、状況的には、一時的に空白状態になった文壇の穴埋めを果たしたという側面が大きい。それぞれ円熟した個性のもたらした佳作ではあるが、たとえば『細雪』が戦中には出版できず、戦後になって世に出た事情からもうかがえるように、これらは「戦後」

とは何かをあらためて問い返す先鋭な問題意識とは、自ずと次元を異にしていたと見るべきであろう。

戦後文学の新たな胎動は、「新日本文学」と「近代文学」という、二つの雑誌の創刊（昭和二一年）に象徴されている。弾圧によって壊滅状態にあったプロレタリア文学運動の再興、発展をめざしたのが新日本文学会で、これに対し、転向体験を基点に、あらたな主体性論議を展開したのが「近代文学」の同人たちであった。「新日本文学」系の作家としてあげられるのは、宮本百合子、中野重治、徳永直、佐多稲子ら、戦時中の弾圧で自由な執筆活動を禁止されていた作家たちで、たとえば宮本の長編、『道標』（昭和二二～二六年）からは、時代に耐えて生き抜いた一人の共産主義者の誠実な自己形成の足跡をうかがうことができる。これに対し「近代文学」系は、荒正人、平野謙、本多秋五ら評論家が主導する形で、埴谷雄高、梅崎春生、椎名麟三らを続々と輩出することになった。両者は戦前のプロレタリア文学運動の評価をめぐって激しく対立する

---

『踊子』：戦前の浅草を舞台に、レビューの踊り子姉妹と「わたし」との交渉を描く。

『灰色の月』：終戦直後の庶民の風景を「私」の視点から描く。

『細雪』：大阪の旧家の四姉妹の生きざまを、伝統文化と現代とのはざまのうちに描いた長編小説。谷崎の代表作として知られる。

『思ひ川』：一人の小説家と芸者との二三年に渡る交情を描く。

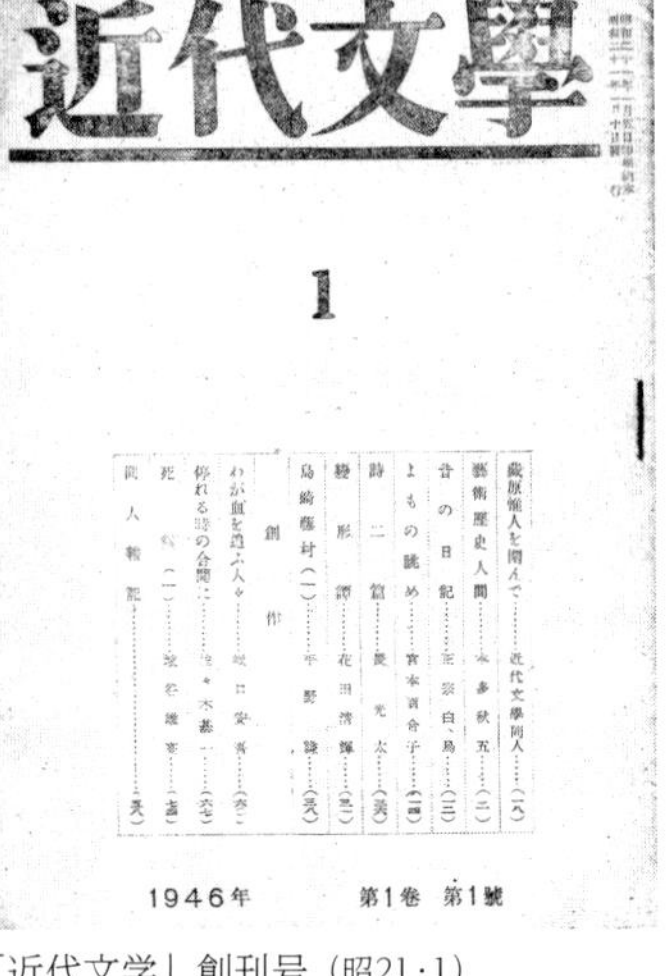


歌声よ、おこれ
――新日本文学会の由来――
宮本百合子

今日、日本は全面的な再出発の時機に到達してゐる。軍事的日本から文化の国日本へといふことも云はれ、日本の民主主義は、明治以来、はじめて私たちの日常生活の中に浸透すべき性質のものとして立ち現れて来た。

民主といふ言葉はあらゆる面に響いてをり、「新しい」といふ字を冠いた雑誌その他の出版物は、紙の払底や印刷工程の困難をかきわけつつ、雑踏してその発刊をいそいでゐる。

しかし、奇妙なことに、さういふ一面の活況にもかゝはらず、真の日本文化の高揚力といふものが、若々しく、よろこびに満ちた潮鳴りとして、私たちの実感の上に湧きたち、押しよせて来ないやうなところがあるのも、偽りない事実ではないだらうか。

この感じは、新しく日本が置かれた世界の道に対する懐疑から生じてゐるものでないことは明かである。われわれ人民が、非理尽な暴力で導き込まれた肉体と精神との殺戮が、旧支配力の敗退によつて終りを告げ、漸く自分たち人間としての意識をとり戻し、やつと我が声で物を云ふことが出来る世の中になつたことを歓ばない者がどこにあらう。日本は敗戦といふ一つの歴史の門をくぐつて、よりひろく新しい世界人

2

宮本百合子「歌声よ、おこれ」(「新日本文学」創刊準備号、昭20・12)

「近代文学」創刊号（昭21・1）

ことになるが[1]、たとえば中野重治の『*五勺(ごしゃく)の酒』（昭和二二年）にうかがえるように、論争の一方の当事者であった中野は敗戦を決して単純な「解放」と捉えていたわけではなく、庶民の実感に即した喪失感、屈辱感をしっかりと受け止めていた。また、「近代文学」の中心メンバーも過去マルクス主義体験を持つと同時に、政治的にも進歩的な立場をとっており、両者の対立点は政治的な立場の相違といった単純なものではなく、主に個人と社会との関係をどのように捉えるか、というより本質的な観点の違いに由来していたのである。

マルクス主義と実存主義――それは戦後の知の領域を席巻(せっけん)した二つの支柱でもあり、両者（共産主義と西欧個人主義）の融合を、あらゆるものからの〝自由〟を説く主体性論議によって実現しようというのが、「近代文学」

を中心とする「戦後派」に通底するモチーフであった。たとえば「人間はエゴイスティックだ、人間は醜く、軽蔑すべきものだ、そして人間のいとなみの一切は虚無に収斂するものだ――このことを痛切に感じようではないか。一切はその上でだ」という、荒正人の評論、『第二の青春』（昭和二一年）の一節と、坂口安吾の『堕落論』（同）、さらには田村泰次郎の「肉体文学」の主張などのあいだには見かけ以上の共通点があり、人間の実存的なあり方にあらためて立ち返ろうとした、「戦後」始発期の雰囲気をうかがい知ることができる。たとえば奔放に生きる焼け跡の私娼たちの生態を描いて大きな反響を呼ぶことになった、田村泰次郎の『肉体の門』（昭和二二年）の一節をあげてみることにしよう。

自分で客を見つけ、自分を売る。これ以上の合理的な直売法は、どんなやり手の商人でも考へだしたことはない。銀河や星のきらめいてゐる夜空の下で、あるいは蒸し暑い雨雲の垂れこめた下で、焼けビルのなか、立ちかけのマアケットのなかで、埋め残されたじめじめした防空壕のなかで、彼女たちは雑作もなく、仰向いてたふれる。さうして、野天の取引はおこなはれる。客の眼は、彼女たちの瞳が意外に綺麗に澄んでゐるのを見て、とまどふときがある。（略）法律も、世間のひとのいふ道徳もない。そんなものは、日本がまだ負けないとき、

『五勺の酒』：老いた中学校長の眼を通し、天皇制と共産主義運動のあり方を庶民の実感から描く。

彼女たちが軍需工場のなかで汗と機械油にまみれてゐるときを最後に、爆弾と一緒に、——そして彼女たちの家や肉親と一緒に、どつかへふつとんでしまつた。なんにもなくなつて、彼女たちは獣にかへつたのだ。

ここからもやはり、自我（エゴ）を、戦中の抑圧の反動としてラディカルに解放しようとする衝動をうかがい知ることができよう。もっともこうした衝動はかつて状況に自らを生かし切れなかったインテリゲンチャの怨念とも連動していたわけで、戦中に抑圧されていた知識人たちが一斉に自らを「被害者」として語り出したところに、加害者不在の形で「戦後」が進行していくことになる限界が潜んでいたわけである。

より巨視的に言えば、近代の文学は、「ほかの誰とも違う自分」を志向するベクトルと、集団的な共生感、共同体的な感性へと向かうベクトルとの拮抗、交替の歴史であったと見ることもできよう。たとえば竹内好（よしみ）は『近代主義と民族の問題』（昭和二六年）において、マルクス主義者と近代主義者がどちらも自己を戦中の「被害者」と規定し、あえて血塗られた民族主義をよけて通った事実を指摘している。作品は作者の個性の等価物ではなく、共同体的な〝場〟における対話、談笑こそが芸術創造の根源であるとする発想こそは、戦後文学のアキレス腱（けん）——自我絶対化に伴う他者、伝統との乖離——に対する根本的な批判となりうるはずのものであった。しかし集団と個人の関係をいかに問うかというこのきわめて重要な問題は、結局は独立に向け、「国家」

「民族」をいかに再編するかという政治上のプログラムに翻弄されてしまうことになる。日本共産党の内部抗争に呼応する形で新日本文学会が分裂した事実は、その意味でもきわめて不幸な事態であったといえよう。

## 2 「無頼派」の作家たち

昭和前半期の文学を主導した文学者たちの中で、横光利一、島木健作、武田麟太郎らが終戦後まもなく、それまでの自らの足跡に殉じるように世を去っていったのは象徴的であった。特に横光や島木は戦争犯罪を告発される立場にあり、島木の『赤蛙』（昭和二一年）や横光の『夜の靴』（同）は、時代に翻弄された一知識人の姿が彷彿として痛ましいものがある。一方、これらの世代の中で時代状況と一定の距離を取りながら旺盛な執筆活動を展開していったのが川端康成で、昭和四七年に自殺するまで、『千羽鶴』*（昭和二七年）、『山の音』*（昭和二九年）、『眠れる美女』*（昭和三六年）などの佳作を次々に書き継いだ。日本の伝統的な美意識への回帰や日本ペンクラブ会

『千羽鶴』：一人の青年と、亡き父の愛人とその娘との関係を、茶の湯を舞台に描く。
『山の音』：老人と、その息子の嫁との淡い交情を描く。
『眠れる美女』：老人の女体に対する妄想を、「死」の心象と共に描く。

『斜陽』（昭22、新潮社）

長としての活動などもあいまって、昭和四三年（一九六八）に日本人としては初めてノーベル文学賞を受賞している。

一方、かつて文芸復興期（昭和一〇年前後）にデビューし、昭和一〇年代も中堅作家として地道に活動していた作家たちは、これらとは自ずと違った反応を示している。『斜陽』（昭和二二年）、『人間失格』（昭和二三年）の太宰治、『白痴』（昭和二一年）の坂口安吾、『世相』（同）の織田作之助、『焼跡のイエス』（同）以降、『紫苑物語』（昭和三一年）、『狂風記』（昭和五五年）に至るまで、独自のアナーキズムに裏打ちされた佳作を書き続けた石川淳らがその代表例で、これに『リツ子・その愛　リツ子・その死』（昭和二五年）の檀一雄、長編『火の鳥』（昭和二八年）を中心にブームを巻き起こした伊藤整らを加え、「無頼派」と称されることもある。もとは「私は無頼派です。束縛に反抗します。時を得顔のものを嘲笑します」という太宰の発言（『返事の手紙』昭和二一年）に端を発したことばなのだが、坂口安吾の『堕落論』のテーマとも響きあい、混乱のさなか、あらゆる既成の権威に反抗するデカダンスのイメージが鮮烈に焼き付けられることになったのである。没落貴族をテーマにした太宰の『斜陽』はまたたくまにベスト・セラーとなり、「斜陽族」という流行語を生むまでになるが、多くの読者は作中のデカダン作家上原や直治(なおじ)の自殺に太宰を重ね合わせ、太宰もまたそれにこたえるかのように、翌年『人間失格』を発表し、戦後の苦悩を一身に背負った作家として、センセーショナルな死(心中)を遂げることになる。

『斜陽』の主人公は離婚して実家に戻った旧華族の娘のかず子で、最愛の母の最期を看取り、上原の子を身ごもる中で「道徳革命」の遂行を決意する。一方、弟の直治は「人間は、みな、同じものだ」という思想に激しく反発して死んでいくのだが、これはある意味では戦後民主主義への痛烈な批判としての意味も持っていた。次にあげるのは、日本で「最後の貴婦人」とされる、「お母さま」の死の場面である。

私は、お母さまはいま幸福なのではないかしら、とふと思つた。幸福感といふものは、悲哀の川の底に沈んで、幽かに光つてゐる砂金のやうなものではなからうか。悲しみの限りを

---

『人間失格』: 気弱ゆえに世間に翻弄され、ついには「人間」を「失格」していく青年の手記。

『白痴』: 戦争末期、無垢な女を抱えて空襲の中を逼走する男の物語。

『世相』: 闇屋、復員、賭博などの風俗を背景に、女たちへの「私」のデカダンな心象を描く。

『焼跡のイエス』: 上野の闇市で、「わたし」は浮浪少年の背後に身をやつしたイエスの姿をみる。

『リツ子・その愛　リツ子・その死』: 結核に冒された妻を連れて福岡に疎開する男の心情を描く。

『火の鳥』: 英国人を父に持つ舞台女優の孤独と、相手役の青年との恋を描く。

通り過ぎて、不思議な薄明りの気持、あれが幸福感といふものならば、陛下も、お母さまも、それから私も、たしかにいま、幸福なのである。（五）

ここで「陛下」が登場するのは決して偶然ではなく、「お母さま」の「死」は戦時の共同体的感性そのものの崩壊を象徴しており、多くの人々がひそかに抱き、なおかつタブーとして表に出すことのできなかった「戦後」への違和感を示すものでもあったわけである。昭和一〇年代の歴史的課題――精神的故郷を失った青年たちの共同体への希求――を戦後の民主主義、個人主義に接ぎ木しようとしてなしえなかった葛藤にこそ、「無頼派」の歴史的な役割を求めることができよう。

やはり昭和一〇年代に中堅作家として活動しながら、必ずしも戦中・戦後の断絶を深刻に受け止めることなく、むしろかつての言論統制の解除を逆手にとって、積極的に戦後の世相を描き出していった作家たちもいる。「肉体の解放」を旗印に官能的な描写を展開した田村泰次郎、舟橋聖一の『雪夫人絵図』*（昭和二三〜二五年）などがそれで、丹羽文雄もすでに昭和九年に独自の愛欲描写で知られる『贅肉（ぜいにく）』*でデビューしていたが、戦中に従軍作家として『還（かえ）らぬ中隊』（昭和一三年）などの戦争文学を書き継いだ後、戦後、『厭がらせの年齢』*（昭和二二年）を皮切りに、再び本来の資質へと回帰していくことになる。こうした風俗小説への傾斜は中村光夫の厳しい批判（『風俗小説論』昭和二五年）を浴びることにもなるのだが、『石中先生行状記』*（昭和二三～二九年）の石坂洋次郎をも含め、いわゆる「中間小説」として、大衆文学と純文学とのあらたな統合の可能性を開拓した役割を無視することはできない。

なお、「近代文学」のグループの内部批判として出発した、独自の戦後文化人グループがある。軽井沢の系譜、とでも言ったらよいのだろうか。かつて、晩年の芥川が避暑地軽井沢に赴くのに同行していた堀辰雄は、やがてそこに住むようになり、その堀を慕って、さらに中村真一郎、福永武彦、加藤周一らが集い、戦後文学の一つの流れを形作るのである。かれらはフランスの二〇世紀文学を愛好した西洋教養派で、戦争期、芸術に沈潜、逼塞（ひっそく）の日々を送った。戦後、『1946　文学的考察』で注目され、加藤周一は「近代文学」の荒正人と論争し、エゴの追求がただちにヒューマニズムに繋がってしまう錯誤を厳しく批判している。中村真一郎は五部作『死の影の下に』（昭和二二～二二年）で、プルーストの『失われた時を求めて』の影響のもと、心理主義的な手法を用いて内的回想を幻想的に描いた。中村はその後も王朝文学、江戸文学に親炙し、『雲のゆき来』（昭和四一年）をはじめとする、知的構成を持つ長編小説を息長く書き継いだ。福永武

『雪夫人絵図』：良家の娘が夫に翻弄される姿を被虐的な官能美とともに描く。
『贅肉』：家出した母に嫌悪と魅力を感じる青年の心象を描く。
『厭がらせの年齢』：生存欲の昂進する老女の嫌がらせの生態を描く。
『石中先生行状記』：青森に疎開した生活の、悲喜こもごもを描く。

彦は『草の花』（昭和二九年）、『忘却の河』（昭和三九年）、『死の島』（昭和四六年）など、芸術をテーマに、詩精神と本格ロマンの融合した長編を発表している。中村と並び、「私小説」の風土に異を唱え、戦後文学における「ロマンの系譜」を確立したその功績は大きい。

## 3　戦後派の実質

「戦後文学」の実質的な担い手である新世代の作家たちの多くは戦前に左翼運動の挫折を体験し、戦中の抑圧を暗い谷間として経験した世代であることを先に触れたが、おそらくその最大の特色は、極限状況におかれた人間の姿を実存的に、哲学的に追求していく姿勢にあると言ってよい。

昭和二一年に発表が開始された埴谷雄高の『死霊（しれい）』は、平成七年に第九章が発表されたのち、作者の死によって中絶するのだが、構想も含め六〇年余が費やされた、思弁的な哲学小説である。主人公の三輪与志（みわよし）は「自己」が「自己」であることの疑念に徹底してこだわるのだが、その「自同律の不快」について触れた部分を引いてみることにしよう。

《不快が、俺の原理だ》と、深夜まで起きつづけてゐる彼は絶えず自身に呟きつづけた。《他の領域に於ける原理が何であれ、自身を自身と云ひきつてしまひたい思惟に関する限り、この原理に誤りはない。おお、私は私である、といふ表白は、如何に怖ろしく忌まはしい不快に支へられてゐることだらう！　この私とその私の間に開いた深淵は、如何に目眩むやうな深さと拡がりを持つてゐることだらう！　その裂目を跨ぎ、跳躍する力は、宇宙を動かす槓杆を手にとるほどの力を要するのだ》。（二章）

三輪家の血を引く男たちはこのように徹底して「自己」にこだわり続けるのだが、与志の婚約者、安寿子の生まれた津田家はこれとは対照的に、自己放棄、無抵抗を美徳とする家系であった。実は両家は三百年の間に数度にわたる縁組みを繰り返していたというのだが、これが近代的自我の追究と、あるものをあるがままに受け止めていく「自然」への信仰とのメタファーになっていることは明らかであろう。安寿子が与志に向かって発する「念速」には、自己内部の「宇宙」を問い続ける果てに「虚体」という概念に逢着し、それが外部の「自然」に調和していくプロセスが構想されていた。近代文学が明治以来繰り返し追尋してきた「自我」と「自然」との調和という理念は、

埴谷雄高

槓杆：てこのこと。

椎名麟三

ここにまた、戦後派の作家の広大な構想のもとに変奏されることになったのである。

昭和一〇年前後のマルクス主義弾圧の体験を土台にした『*暗い絵』（昭和二一年）でデビューし、『真空地帯』（昭和二七年）で旧陸軍内部の腐敗と非人間性を告発した野間宏も、「戦後派」の典型として戦前―戦中をくぐり抜けていた。人間を「生理、心理、社会」の三面から総合的に捉える「全体小説」を構想し、二四年の歳月をかけて長編『*青年の環（わ）』を完成させている。椎名麟三もまた、『*深夜の酒宴』（昭和二二年）、『*深尾正治（ふかおまさはる）の手記』（昭和二三年）において、やはり転向体験を問い返す地点からデビューしていた。貧困の中での生い立ちも手伝って、陋巷（ろうこう）の庶民生活への執拗な愛着がその底辺に流れており、思想性と抒情性の見事な融合が、『永遠なる序章』（昭和二三年）に結実している。主人公の復員兵は余命幾ばくもないのだが、死の宣告をきっかけに、日常生活の中で他者と共存することの歓喜に、あらためて目ざめていくことになるのである。

そう。明日、人々は打ちひしがれ、この街は再び死の廃墟にならないと誰が保証出来よう。

だが、彼は人々と生き、人々と生活していることを感動をもって感じている。全く以前の自分の暗い重い生活の気分は、どこへ行ったのだろう。自分は、やはり自分である。自分に変りはありはしない。ただ死が眼の前に見えて来ただけなのだ。それだのに、かえって何故こんなに晴がましい気分がするのだろう。全く以前の自分は、こうして人々のなかに立っていることは出来なかった。たとえ街へ出るときがあっても、ただ自分の孤独をたしかめるために過ぎなかった。しかし今は、人々は自分の生きていることを実感させて呉れる神聖なものであり、明日は確実に自分にとって虚無であるにかかわらず、明日への激情を自分にもたらして呉れる力の根源なのだ。（第三章）

「死」を前にした極限状況の中の「生」を問う、というのは「戦後派」の際だった特色でもあり、自己完結的な「生」を超え、自らをいかに他者に開いていくかという課題は、椎名麟三にあって

---

『暗い絵』：日中戦争開始前後の暗い時代に、京大生の主人公たちが「自己」を基点にした社会革命への志をかため合う。

『青年の環』：戦時下に、人民戦線運動に関わる市役所勤めの青年と、ブルジョワの子弟として生まれ、父の腐敗を暴いていく青年を中心に物語が展開する。

『深夜の酒宴』：戦後、焼け跡のアパートで貧困生活を送る「僕」の憂鬱が描き出される。

『深尾正治の手記』：共産党員として特高に追われ、居所を転々とする青年の姿を通して、その虚無的な心情が浮き彫りにされていく。

もやはり大きなテーマになっていたのである。

梅崎春生は戦争の非人間性を告発した『桜島』*(昭和二一年)、『日の果て』*(昭和二二年)でデビューしたが、一方で『ボロ家の春秋』*(昭和二九年)へと連なる、市井事もの(しせいじ)の系譜に、むしろその真価がよく表れているように思われる。人間の実存を形而上に問い、世界像の再構築をめざす戦後派は、一方で知識人と大衆との離反というテーゼを常に背負い続け、陋巷の生活との距離をこうした形で問い続けることになるのである。

すでに「食料メーデー」(昭和二一年)やGHQによる「2・1ゼネスト」中止指令(昭和二二年)によって米軍を「解放軍」と規定するような〝幻想〟はうち砕かれつつあったが、朝鮮戦争は国際政治の冷徹な論理を戦後の理想主義にあらためて突きつける結果となり、冷戦構造を基盤に、以後の日本は、米国の極東軍事戦略の中へと組み入れられていくことになる。こうした政治情勢は、同じ戦後派であっても、やや遅れてデビューした世代にそれまでとは異なる影を落としており、昭和二五、二六年に文壇に登場した安部公房(あべこうぼう)、堀田善衞(ほったよしえ)らに島尾敏雄を加え、これらの人々を「第二次戦後派」と称するのが一般である。特に堀田の『広場の孤独』(昭和二六年)は、朝鮮戦争下の非情な政治のメカニズムをえぐり出すと共に、それに伴う知識人の不安や閉塞感を主題にしたもので、「戦後」の変質を象徴的に示す結果となった。

## 4　戦争体験の落差

自らの「戦争」体験それ自体を、作家たちはどのようなレヴェルで受け止めたのであろうか。

自身の異常な戦争体験から出発した作家に、たとえば大岡昇平がいる。彼は昭和一九年、三五歳で召集、フィリピンのミンドロ島に送られ、翌年米軍捕虜となってレイテ島の収容所で敗戦を迎えるが、この体験は『俘虜記』（昭和二八年）の題材になっている。また、『野火』（昭和二六年）は、フィリピンの密林を敗走する日本兵の主人公が人肉を食うかどうか、ギリギリの選択を迫られる物語であり、極限状況の中での人間の姿を実存的に突き詰めた点で、やはり戦後派の特色を遺憾なく

大岡昇平

『桜島』：海軍の特攻基地に通信員として勤務を命じられた「私」の眼から、敗戦前後の風景が描かれる。

『日の果て』：大戦末期、フィリピンを転戦する中尉が逃亡し、命を絶っていく。

『ボロ家の春秋』：一軒のボロ家を舞台に、僕、スリの夫婦、しがない中年男らのあいだで奇妙な人生ゲームが繰り広げられる。

発揮している。島尾敏雄もまた特攻隊に所属し、出撃命令を受ける直前に敗戦となった体験を『出孤島記』（昭和二四年）、『出発は遂に訪れず』（昭和三七年）に描いた。一方で島尾は『死の棘（とげ）』（昭和三五年）をはじめ妻の精神的な苦悩に極限まで立ち会う記録を書きつづっており、日常と戦争の非日常性とはここで盾の両面のような関係をなしている。この両者の反転する様相は、*『夢の中での日常』（昭和二三年）を通してうかがい知ることができよう。

原民喜（はらたみき）『夏の花』（三部作刊、昭和二四年）は、いわゆる原爆文学の代表的な存在として知られている。もっとも原爆の惨状そのものについては意外なほどに筆が抑制されており、被爆直後の凄惨な情景は、カタカナ表記によって意図的に超現実派の画（え）の世界に置き換えられ、肉親を捜し回る人間たちのドラマと対比されている。凄惨な戦闘場面にせよ、大震災後の焼野原にせよ、人間のむき出しの「死」それ自体はルポルタージュとして描かれることはあっても、決してそのままでは「小説」になりえない。昭和一〇年代に幻想的な作風で知られていた原は、広島で遭遇した裸形の現実を文学的想像力によって人間関係のネットワークに組み替えていこうとするのだが、こうした試みも結局は昭和二六年の自殺によってついえてしまうことになる。ちなみに同じく原爆を扱った大田洋子の『屍の街（しかばねのまち）』はＧＨＱの検閲に触れ、執筆から三年後の昭和二三年に、内容を削除した上で発表された。ＧＨＱの検閲は戦中の伏せ字による検閲よりもより巧妙になされたために一見目立たないが、八月一五日をはさんで二つのプレス・コードが文学の行方に大きな影響力を及ぼしていたという事実は、あらためて再認識しておく必要があるだろう。

戦争は結果的に自明のものと思われていた民族と国境の可変性、流動性を再認識させる役割をも果たした。武田泰淳（たいじゅん）は終戦を上海で迎え、植民地支配の論理が崩壊する状況の中、『審判』（昭和二二年）、『蝮（まむし）のすゑ』（同）において、自明のものと信じられていたアイデンティティの揺らぎを「亡国の民」として追求するところに出発している。次にあげるのは『審判』の一節である。

日本人、ことに上海あたりに居留していた日本人は、もはやあきらかに中国の罪人にひとしい。中国ばかりではない、世界中から罪人として定められたと言ってよかった。戦争に負けて口惜しいと想うよりも、私は生まれてからこのかた経験したことのないほど、あまりにもハッキリと、世界における自分の位置、立場をみせつけられ、空おそろしくなるばかりであつた。この上海はつまり世界であり、この世界の審判の風に吹きさらされ、敗滅せる東方の一国の人民が、醜い姿を消しやらずジッとしている。そのみじめさ。私には懺悔（ざんげ）とか、贖罪（しょくざい）とかいう、積極的な意志はうごかなかった。ただ滅亡せるユダヤの民、罪悪の重荷を負う白系ロシア人、それら亡国の民の運命が今や自分の運命となったのだという激しい感情に日夜つつまれていた。

『夢の中での日常』：街の風景、肉親との葛藤、身体の変調などがさまざまに交錯し、「私」の空想を構成する。

安部公房

「加害者―被害者」という枠組みを超え、こうした「滅亡」というパースペクティブから「民族」という概念を相対化し得た点に武田の特異な位置があった。武田と同じく敗戦を上海で迎えた体験を持つのが堀田善衞(よしえ)で、その組織と人間との関係に対するシニカルな認識は、やはり「外地」体験を抜きには語れないのである。

同様に、安部公房(こうぼう)もまた敗戦を満洲(中国東北部)で迎えていた。安部は戦後のアヴァンギャルド(前衛芸術)の担い手として特異な存在であり、日常的な現実と超現実的な世界との反転を追求し続け、芥川賞を受賞した『壁―S・カルマ氏の犯罪』(昭和二六年)は、ある朝突然自分の名前を喪失してしまった男が味わう不条理を描いた作品である。安部の満洲体験は『終りし道の標べに』(昭和二三年)、『けものたちは故郷をめざす』(昭和三二年)の題材にもなっているが、異郷体験によるアイデンティティの崩壊がそのメタモルフォーゼ(変身)のモチーフを支えていたという事実は、ここで重要な意味を持っている。これらはやがて、高度経済成長時代の日本社会の問題として、砂の中に閉じこめられた閉塞感を描く『砂の女』(昭和三七年)へと結実することになる。戦争体験がコスモポリタンの立場から「日本」を相対化する方向へとつながった例として注目に値するのである。

こうした世代よりもさらに遅れ、昭和一〇年代に最も多感な青春時代を送り、それに殉じたために終戦以後をいわば「余生」と自覚するところに執筆の根拠を置いた作家に三島由紀夫がいる。昭和一六年にすでに*『花ざかりの森』でデビューしていた三島は*『仮面の告白』（昭和二四年）によって一躍注目され、実際におこった放火事件に取材した『金閣寺』（昭和三一年）は、滅亡の美学に終戦の体験を投影した特異な作品になっている。戦争末期、主人公は「私を焼き亡ぼす火は、金閣をも焼き亡ぼすだろう」という考え（第二章）に陶酔するのだが、結局金閣寺は戦後も残ってしまうのである。

三島由紀夫

『金閣と私との関係は絶たれたんだ』と私

『花ざかりの森』：高貴な祖先に憧れる「わたし」が、彼等に邂逅していく物語。
『仮面の告白』：同性に対する性的な欲望を幼時にさかのぼってたどり返していく「私」の手記。

は考へた。『これで私と金閣とが同じ世界に住んでゐるといふ夢想は崩れた。またもとの、もとよりもつと望みのない事態がはじまる。美がそこにをり、私はこちらにゐるといふ事態。この世のつづくかぎり渝(かは)らぬ事態……。』

敗戦は私にとつては、かうした絶望の体験に他ならなかつた。今も私の前には、八月十五日の焔のやうな夏の光りが見える。すべての価値が崩壊したと人は言ふが、私の内にはその逆に、永遠が目ざめ、蘇り、その権利を主張した。金閣がそこに未来永劫存在するといふことを語つてゐる永遠。（第三章）

三島は昭和一〇年代、日本浪曼派の影響下に出発したが、現実から疎外されるがゆえにこそ憧憬を語りうるというロマン主義的な「イロニー」への確信は、その生涯を貫くものでもあった。ただし三島のロマン主義は、一見その対極にあるかのようにみえる古典主義と常に表裏の関係にある。三島は昭和二七年のギリシャ旅行を契機に、あらためて古典的な端正な美を再認識し、作品を言語による厳密な構築物と見なす信念に立ち返るのである。だが、その試みであった『潮騒』（昭和二九年）の通俗的な成功が結果的には再びロマン主義への回帰をうながすなど、この作者にあって両者は常に振り子のような関係をなしていた。こうした中でその後次第に国粋主義に傾倒し、東洋的輪廻思想を体現した『豊饒(ほうじょう)の海』四部作（昭和四四〜四五年）を書き上げた直後、市ヶ谷の自衛隊におもむき、天皇親政の革命を説いて自刃を遂げ、センセイショナルな反響を社会に巻き起こしたのだった。

朝鮮戦争の特需は日本に経済的繁栄をもたらし、これを背景に、昭和二七年から三〇年にかけて、いわゆる「第三の新人」たちが文壇にデビューすることになる。小島信夫、安岡章太郎、阿川弘之、吉行淳之介、庄野潤三、遠藤周作らがそれである。小島は『アメリカン・スクール』（昭和二九年）で日本人のアメリカに対する心理的屈折を諷刺と諧謔をもって表現し、時間と共に占領期そのものが次第に相対化され、対象化され始める契機を示している。『アメリカン・スクール』と共に芥川賞を受賞したのが、中流サラリーマン家庭の日常に潜むもろさを描いた、庄野潤三の『プールサイド小景』（同）であり、観念的な世界像の構築から、現実的な生活への回帰へ、という時代の流れを象徴する結果になっている。

安岡章太郎の『悪い仲間』（昭和二八年）は、軍国主義時代にアウトサイダーでしかなかった自己の確認を通して、「弱者」の視点から状況を捉え返していこうとする志向が一貫している。安岡はその後『海辺の光景』（昭和三四年）で文壇的地位を確立し、さらに時代がくだり、文明批評的な『走れトマホーク』（昭和四八年）、歴史小説の新たな形である『流離譚』（昭和五六年）などに創作の枠を広げていった。

遠藤周作は、当初、留学中に体験した人種的なコンプレックスを扱った『白い人・黄色い人』（昭和三〇年）、九州大学医学部の生体解剖事件を描いた『海と毒薬』（昭和三二年）などで文壇に認められ、その後「神なき風土」としての日本を『沈黙』[*]（昭和四一年）から『深い河』（平成五年）に至る小説で追求した。なお、戦後を代表するカトリック作家にはほかに小川国夫がおり、『アポロンの島』（昭和三二年）等でデビューし、その後次章に取り上げる「内向の世代」への橋渡しをしている。

「第三の新人」として、もう一人特筆しておく必要があるのが、吉行淳之介であろう。性愛を題材に、日常の中の淡く脆弱な人間関係を凝視した点に特色があり、『驟雨』（昭和二九年）に始まって、『暗室』[*]（昭和四四年）、『夕暮まで』（昭和五五年）など、多くの読者を獲得した。

総じて「第三の新人」たちの主題と作風は多岐にわたるが、「戦後派」から意識的に距離をとり、卑小な自己を捉え直すことによって彼等へのアンチテーゼを試み、その後、したたかに息の長い創作活動を続けていった点にその特色があるといってよいだろう。

## 5　開高健と大江健三郎

昭和三〇年代に入って、開高健（かいこうけん）と大江健三郎が相次いでデビューしたことによって、文壇はさらに新世代に交代していくことになる。開高健は学生時代を終戦後の混乱と窮乏のうちに過ごした後、『パニック』（昭和三二年）で、一二〇年ぶりの笹の一斉開花に伴う社会の混乱を風刺的に描いて注目された。大阪の下層庶民の生き様を大阪弁の饒舌体で描いた『日本三文オペラ』（昭和三四年）のあと、ベトナム従軍など、現実的な社会活動に進出している。

大江健三郎もまた、軍国主義教育から戦後の民主主義教育への切り替えを一〇代で体験した世代で、こうしたギャップに伴う閉塞感は、『遅れてきた青年』*（昭和三七年）という題名そのものにも象徴されている。

大江健三郎

デビュー作である『死者の奢り』（昭和三二年）は医学部の地下水槽の解剖用死体を処理するアルバイトが題材になっている。大学生の「僕」は、戦争中に脱走しようとした兵士の死体を前に、次のような自問自答を繰り広げるのである。

戦争について、どんなにはっきりした観念を持っているやつも、俺*ほどの説得力は持っ

『沈黙』：切支丹禁制の日本にやったきたポルトガルの若い司祭が、極限状況の中で棄教を迫られる。

『暗室』：妻を亡くした四三歳の小説家の、三人の女との交渉を描く。

『遅れてきた青年』：戦争で死ぬことを予感していた青年が終戦で生き延び、上京して社会的成功を勝ち得ながらも、内面に虚無を抱えて生きる姿を描く。

俺：死んだ兵士の自称。「僕」は語り手兼主人公で、「僕」が架空の対話を空想する場面である。

ていない。俺は殺されたまま、じっとここに漬かっているのだからな。（略）　君は戦争の頃、まだ子供だったろう？

　成長し続けていたんだ。永い戦争の間、と僕は考えた。戦争の終ることが不幸な日常の唯一の希望であるような時期に成長してきた。そして、その希望の兆候の氾濫（はんらん）の中で窒息し、僕は死にそうだった。戦争が終り、その死体が大人の胃のような心の中で消化され、消化不能な固形物や粘液が排泄されたけれども、僕はその作業には参加しなかった。そして僕らには、とてもうやむやに希望が融（と）けてしまったものだった。

　俺は全く、君たちの希望をしっかり躰（からだ）中に背負っていたことになる。今度の戦争を独占するのは君たちだな。

　僕は兵隊の右足首を持ちあげ、形が良かったにちがいない太い拇指（おやゆび）に、木札を結びつけた。

　僕らとは関係なしに、又そいつが始まろうとしていて、僕らは今度こそ、希望の虚しい氾濫の中で溺死（できし）しそうです。

「僕」は昭和一〇年代の日本を支配していた価値観からも、戦後の新日本建設の息吹からも共に疎外された青年である。大状況を支配する「希望」――それが戦前のものであれ戦後のものであれ――への不信こそは、まさに彼等の世代に共通するモチーフであり、こうした問題意識はその後、団塊（だんかい）の世代、「内向の世代」と呼ばれる若手たちへと引き継がれていくことになる。なお、大江の文学は障害を持った子を描いた『個人的な体験』*（昭和三九年）以降、作風をさらに展開させていく。『性的人間』（昭和三八年）、『セヴンティーン』（昭和三六年）などの作品では〈性的人間〉と〈政治的人間〉とが分離し、相互の葛藤が繰り広げられていたが、『万延元年のフットボール』（昭和四二年）では、江戸時代の百姓一揆と一〇〇年後の安保闘争とが重ね合わされ、共同幻想的な〈谷間の村〉が、時空を越えた土着的な再生の地として重要な役割を担うことになるのである。さらに『同時代ゲーム』（昭和五一年）では四国の森が文化人類学や神話世界の感性によって再編され、以後の作風はさらに宇宙論的な広がりを示していく。一方で大江は核兵器廃絶をテーマにした国際活動などを積極的に行い、平成六年（一九九四）、川端康成についで、二人目のノーベル文学賞を受賞するのである。

注

（1）平野、荒らと、中野重治とのあいだの応酬を指す。「政治と文学」論争と呼ばれている。戦後の民主主義文学を戦前のプロレタリア文学の延長線上に捉える「新日本文学」に対して、「近代文学」は左翼文学における政治の優位性を批判し、あらためて「文学」の自立を説いた。

---

『個人的な体験』：予備校の講師「鳥（バード）」と、大学時代の友人「火見子」の関係を軸に、「鳥」が脳ヘルニアの子を育てる決意を固めるまでを描く。

# Ⅷ　高度経済成長期とポスト・モダン

本章では昭和三〇年代～五〇年代初頭（一九六〇年代後半～七〇年代後半）を扱う。この時期は日本が高度経済成長時代を迎え、狭義の「戦後」が収束していく時期でもあった。「近代文学」というジャンルが大衆消費社会の中に定着し、一つの黄金期を迎えることになるのだが、こうした中にあって、一方では西洋近代、マルクス主義といったそれまで知識人に支配的であった価値への信仰が崩れ、メディアの変容と共に「純文学」の概念もまた大きく変容していくことになる。一九八〇年代に入ると人文学においてもまた「日本」「近代」「文学」に関する概念の見直しが進み、それまでの百数十年の「小説」の歴史に、一つの大きな区切りがつくのである。

## 1　『太陽の季節』と社会派推理小説

石原慎太郎は大学在学中に『太陽の季節』*（昭和三〇年）で芥川賞を受賞し、大きな反響を呼び起こした。単行本は三〇万部が売れてベストセラーになり、映画化の際には自らも演出、出演し、「太陽族」は社会の権威に反抗する若者たちの合い言葉になるのである。おそらくそこには二つの大きな背景があった。一つは戦後十年を経て日本が相対的な安定期に入り、生きるために働かねばならぬ必要を失った若者たちがあらたな情熱のはけ口を求め、性の解放など、既成の倫理からの解放を求めていたこと。もう一つは、経済成長下にあって「文学」自体が大衆消費社会の一翼を担うことになり、そのニーズに「小説」がこたえていかなければならなくなる、メディア環境の変化である。

こうした状況を象徴するもう一つの事例が、社会派推理小説の誕生であろう。

ジャンルとしての探偵小説は、戦後、雑誌「宝石」が創刊され、横溝正史（よこみぞせいし）が『本陣殺人事件』*（昭和二一年）を連載するなどして復活を遂げていたが、昭和三〇年代になってこれにあらたな変革を起こしたのが松本清張（まつもとせいちょう）であった。清張は森鷗外の左遷時代を扱った『或る「小倉（こくら）日記」伝』（昭和二七年）で芥川賞を受賞したあと、『点と線』*（昭和三二～三三年）をはじめとする一連の推理小説で爆発的なブームを巻き起こすことになる。それまでのマニアックな謎解きとは異なり、

---

『太陽の季節』：高校三年生の主人公が、自ら「悪役」を任じて既成道徳や社会秩序に反逆する。
『本陣殺人事件』：街道本陣の跡取り息子夫婦が殺された事件を、名探偵金田一耕助が解決に導く。
『点と線』：情死事件と官庁の汚職との関係をめぐる本格的な推理小説。

松本清張

清張の作品は現代の社会機構の複雑なメカニズムを暴き出し、あらたな社会悪にメスを入れていく点に特色があった。水上勉の『霧と影』*（昭和三四年）などもこれに続き、社会派推理小説という、それまでになかった領域が切り開かれていくのである。

メディアにおいてその推進力になったのが〃週刊誌ブーム〃であった。この時期に次々にあらたな週刊誌が創刊され、文学享受層の開拓に大きくあずかることになる。前章にあげた舟橋聖一、丹羽文雄、石坂洋次郎、さらには源氏鶏太のサラリーマンを主人公にしたユーモア小説、大佛次郎の文明史的な社会小説など、「中間小説」といわれた作品群がその推進力となるのである。

たとえば『闘牛』と『猟銃』*（昭和二四年）でデビューした井上靖は『天平の甍』（昭和三二年）、『敦煌』*（昭和三四年）などシルクロードを舞台にした歴史小説で多くの読者を獲得していたし、吉川英治の『新・平家物語』*（昭和二五年〜三二年）や柴田錬三郎、司馬遼太郎らの活躍により、歴史小説もまたあらたな展開を見せていた。五味康祐は『喪神』（昭和二七年）で芥川賞を受賞後に柳生十兵衛らを扱った〃剣豪もの〃のブームを巻き起こしたし、野村胡堂の捕物帖もの、『樅*

の木は残った』（昭和二九〜三〇年）をはじめとする山本周五郎の作品などにも、下町の人情に根ざした高い芸術性が認められる。推理小説で出発した水上勉が『雁の寺』*（昭和三六年）で耽美的な芸術小説に進出していたことからもわかるように、それまでの「純文学」という概念自体が、すでにこの時期大きく変容しつつあったのである。

高度経済成長期は、同時にまた、文学全集刊行の黄金期でもあった。近代文学の全貌を俯瞰する、全一〇〇巻に及ぶ企画が陸続と刊行され、かつて「円本」がその役割を果たしたように、あらためてそれまでの文学史が総括されることになったのだった。新制大学が次々に設立されて卒業論文で近代作家が取り上げられるケースが激増し、また、折から昭和四三年を中心に「明治百年」ブームが盛り上がりを見せたことなどもあいまって、近代の文学はこの時期、国民的な文化遺産としてあらためて総括され、再編成されることになったのである。


『霧と影』：日本共産党のトラック部隊事件（非合法活動）を扱った推理小説。

『猟銃』：ある男への、妻、愛人、愛人の娘からの手紙を中心に構成されている。

『敦煌』：中国宋代の一学徒の恋と、仏典を守るための戦いを描く。

『新・平家物語』：清盛を中心とする平家一門の盛衰を描いた大河小説。

『樅の木は残った』：伊達騒動を扱う。逆臣原田甲斐が実は善人であった、という読み替えが話題になった。

『雁の寺』：住職に囲われた女を思慕する小僧が、やがて住職殺しを遂行する物語。

## 2 既成文学の水脈

近代小説の結実、ということでいえば、明治〜昭和期を代表する文豪たちが相次いで晩年の円熟期を迎えていたのも偶然ではない。川端康成のノーベル賞受賞はそれまで支配的であった西洋文化へのコンプレックスを払拭する事件であったし、谷崎潤一郎は『瘋癲(ふうてん)老人日記』（昭和三六〜三七年）で女の足に踏まれて極楽往生したいという願望を描き、老人の性を扱った『鍵*』（昭和三一年）共々、「大谷崎」の結実として話題になった。室生犀星もまた旺盛な創作意欲を示し、『杏っ子*』（昭和三一〜三二年）、金魚が少女に変身し、老人作家と語り合う幻想小説『蜜のあはれ』（昭和三四年）などの佳作を晩年に発表している。永井荷風（昭和三四年）、正宗白鳥（昭和三七年）、志賀直哉（昭和四六年）らがそれぞれ個性的なエピソードを残してこの世を去っていったことも含め、「近代文学」に一つの大きな節目が訪れたことを一般に印象づけたのである。

一方でまた、伊藤整がD・H・ロレンスの『チャタレイ夫人の恋人』を翻訳し、これがわいせつ文書頒布罪に問われ、「芸術かわいせつか」をめぐって法廷闘争が続いたこと、また、広津和郎が松川事件で被告を救援する活動を続けたことなど、既成作家たちが社会問題にアクチュアルに関わったのもこの時期の特色であった。

文学伝統、という点でいえば、戦後になっても「私小説」の佳作が絶えることはなかった。上(かん)

林暁（はやしあかつき）*『聖ヨハネ病院にて』（昭和二一年）、尾崎一雄*『虫のいろいろ』（昭和二三年）をはじめ、藤枝静男（ふじえだしずお）、富士正晴、網野菊（あみのきく）、幸田文（あや）、永井龍男らの地道な活動を見過ごすことはできない。たとえば藤枝の『欣求浄土（ごんぐじょうど）』（昭和四五年）は、主人公の老医師が老木を求めて全国を行脚し、幼時の記憶や死生観をそこに託していく連作なのだが、「個」が普遍的な自然に連なっていくその様相は、従来の文学伝統の一つのすぐれた達成でもある。昭和二〇年代、中村光夫、平野謙、伊藤整らによって「私小説」の前近代性がさまざまな形で批判されていたのだが、この事実は西欧の近代リアリズムのみを規範に、単純に「私小説」を裁くことができない事情をよく示している。

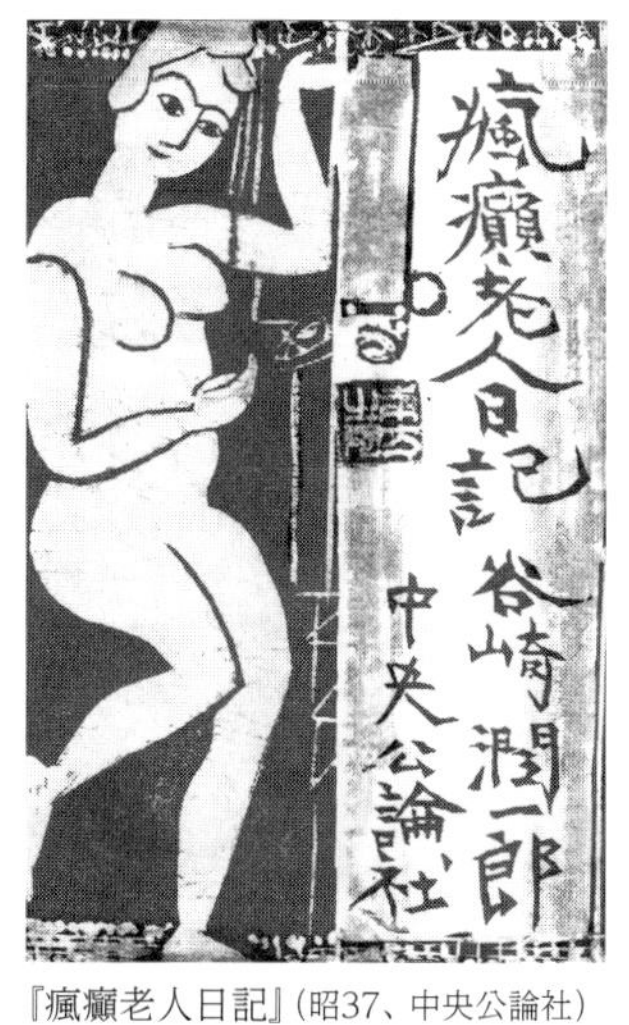

『瘋癲老人日記』（昭37、中央公論社）
装幀、棟方志功

　戦前から息の長い活動を続けていた女性作家たちの活躍も見過ごすことはできないだろう。たとえば円地文子（えんちふみこ）は、自伝的作品『朱（あけ）*を奪ふも

『鍵』：老境の性を追求する夫が妻に日記をのぞき見させ、あらたな快楽を手にする。

『杏っ子』：私生児に生まれた男が、娘の誕生、生い立ち、結婚、離婚を見守る物語。

『聖ヨハネ病院にて』：戦後の混乱期に妻の最期を看取る夫の物語。

『虫のいろいろ』：病臥する「私」が、身近な虫たちの姿を通して生と死について考える。

の』（昭和三〇～四四年）のほか、抑圧された女の執念と復讐を描く『女坂』*（昭和二四～三二年）など、王朝物語の素養に支えられた妖艶な世界を描き続けた。『色ざんげ』*（昭和八～一〇年）以来、文壇で特異な位置を占めていた宇野千代も、浄瑠璃の世界を思わせる『おはん』*（昭和二二～三二年）などで活躍した。宮本百合子らと共に左翼文学の主要な担い手であった佐多稲子も、政治的潮流にもまれながら自らを総括する作品を書き継いでいる。

## 3　戦争の記憶と知性派の活動

第二次大戦を素材にした力作、という点に関していえば、大西巨人（きょじん）が四半世紀の歳月をかけて軍隊批判に基づく思想小説、『神聖喜劇』（昭和三五～五五年）を書き上げたのも一大エポックであった。長編小説としては、第二次大戦の激動期を生き抜く一知識人を描いた芹沢光治良（せりざわこうじろう）の『人間の運命』（昭和三七～四三年）や、大岡昇平の『レイテ戦記』（昭和四六年）も忘れることはできない。戯作調で世相の退廃を自虐的に描いた『エロ事師（ごとし）たち』*（昭和三八年）でデビューした野坂（のさか）昭如（あきゆき）は、戦後浮浪児を扱った『火垂（ほた）るの墓』（昭和四二年）で多くの人々の涙を誘い、林京子もまた、長崎の原爆の記憶を地道に書き継いだ。風化していく「戦争」をいかに語り伝えるか、というのもまた、一方でこの時期の重要なテーマだったのである。

このほか、伝統的な西洋知性派、教養派と目される作家たちとして、英文学的な素養によって立つ丸谷才一、フランス文学研究者として活動する一方、長編『廻廊にて』（昭和三八年）などで高い評価を得た辻邦生などをあげることができる。三浦朱門もまた、戦後の「新思潮」に出発し、歴史を素材に『冥府山水図』（昭和二六年）など、芥川龍之介を思わせる知的な芸術小説で評価されたし、『愛のごとく』（昭和三九年）の山川方夫も、戦後の「三田文学」の黄金期を導いた。

斎藤茂吉を父に持つ北杜夫は、精神科医の体験を大戦下のドイツを舞台に描いた『夜と霧の隅で』（昭和三五年）で芥川賞を受賞し、明治からの三代にわたる一家の歴史を描いた『楡家の人びと』（昭和三九年）を発表する一方、「どくとるマンボウ」シリーズで知られるユーモア溢れるエッセイで人気を博した。同じく医師としてフランス留学体験を持ち、辻邦生の影響を受けた作家に加賀乙彦がおり、『フランドルの冬』（昭和四二年）、『宣告』（昭和五四年）などで知られている。


---

『朱を奪ふもの』：ある良家の娘の恋愛と性の遍歴。自伝的性格が強い。

『女坂』：夫の横暴と乱行に堪え忍んで生き続けた明治の女の半生を描く。

『色ざんげ』：あるモダニストの画家のドンファン的な女性遍歴を描く。

『おはん』：妻と芸者とをめぐって、三角関係に悩む男の問わず語り。

『エロ事師たち』：戦後、性の氾濫の中を泳ぎわたる庶民の姿を生き生きと描く。

『廻廊にて』：ある一人の女性画家を通して、孤独と絶望が内面を鍛え、成熟させていく過程を描く。

『冥府山水図』：中国の深山の絶景にとりつかれ、これを描こうとした画家の生を描く。

『愛のごとく』：かつての恋人である人妻との情事を通し、若者の孤独な精神世界を描く。

『フランドルの冬』：フランスの精神病院で生活する人々の孤独と倦怠を描く。

北杜夫

なお、SFの分野では筒井康隆が息の長い活動を継続し、星新一もまた、SF的なショートショートで独自の領域を切り開いた。いずれも文明批評的なナンセンスな笑いを特徴としており、稲垣足穂の戦後の創作活動ともあわせ、前衛的な風刺文学という、独自の系譜を形作っていったのである。

## 4 政治の季節と内向の世代

昭和三〇年代半ばから四〇年代後半にかけての十数年は、米ソ冷戦の影響を受け、六〇年安保と七〇年安保、ベトナム戦争をめぐる反米運動、東大入試の中止(昭和四四年)をピークとする学園闘争など、激動の「政治の季節」でもあった。六〇年安保をめぐる政治運動は岸内閣の退陣と日米安全保障条約の自然成立によってひとたび潮が引くが、一〇年後の安保改定をめぐって再び反米独立を旗印にする革新運動が盛り上がりを見せることになる。

ベトナム戦争に関しては、アメリカ留学体験をもとにした『何でも見てやろう』(昭和三六年)で独自の国際感覚を打ち出していた小田実(まこと)が「ベ平連(ベトナムに平和を!市民連合)」を組織し、あらたな社会派文学を切り開いた。高橋和巳（かずみ）は*『悲の器（ひのうつわ）』（昭和三七年）、*『邪宗門』（昭和四一年）で社会的倫理と個人のエゴ、政治的主体と個人との相克を追求し、第一次戦後派の正当な継承者ともいうべき役割を担っていたが、この時期大学教員として学園闘争に立ち会い、辞職後、病に倒れることになる。政治と文学、思想と実践の相克を身をもって体現した壮絶な死であった。

高橋和巳

六〇年安保後の運動分裂の苦悩を描いた柴田翔（しょう）の『されどわれらが日々――』（昭和三八年）、真継（まつぎ）伸彦の一連の作品なども「政治の季節」に立ち会った作家たちの手になるものだが、経済成長に伴う私生活の充足もあって社会は日常の安定を求めて保守化し、その後の文学も個人と社会との関係をアクチュアルに問う方向へは必ずしも進まなかった。左翼運動は沖縄、成田闘争の弾圧もあって武装闘争化し、新左翼内の内

『宣告』：獄中の死刑囚が心の平安を取り戻し、成長していく姿を医官の目を通して描く。

『悲の器』：ある刑法学者が妻と家政婦との板挟みになり、欲情、保身に苦しむ姿を描く。

『邪宗門』：ある新興宗教の教主の生きざまを、昭和の歴史に重ねて描いた長編。

古井由吉

ゲバ事件などで支持を失っていくことになる。日本共産党が党員作家を相次いで除名していった経緯も含め、大正末期以来、日本の知識人の間に息づいていた前衛党の無謬神話もまた、この時期急速に崩れつつあったのである。

倉橋由美子のデビューは、まさにこうした動きを象徴するもので、明大在学中に前衛党の非人間性を批判的に暴いた『パルタイ』（昭和三五年）で鮮烈にデビューし、『スミヤキストQの冒険』（昭和四四年）でも政治的要請に支配される「現実」への嫌悪を描き、既成政党に不信を抱く若者たちの共感を呼んだ。

こうした中で、昭和四〇年代の半ば、古井由吉、後藤明生、黒井千次、高井有一、阿部昭、小川国夫、坂上弘ら「内向の世代」と呼ばれる作家たちが相次いで文壇に登場することになる。

彼らの特色は、「政治の季節」を支配する大文字のスローガンや外在的な二項対立を忌避し、ひたすら自己の内部に沈潜することによって現実との関係を感覚的に組み替えていくことを志向した点にある。たとえば古井由吉の芥川賞受賞作、*『杳子』（昭和四五年）の女性主人公は、外界と自分との距離感をうまく把握することができず、常に外部と内部の境目にいる薄い膜のような存在である。「社会」と「個人」の関係を先験的な前提とはせず、皮膚の浸透圧のように絶えず入れ替わりうる不確かなものを凝視しようとする古井の志向は、『円陣を組む女たち』（昭和四四年）以降の作品群と共に、近代小説の追求した内面描写の高度な達成を示すものといえるだろう。因果律によらぬ記憶を重視する後藤明生の*『挟み撃ち』（昭和四八年）、日常の背後に潜む不安を凝視する、黒井千次の*『失うべき日』（昭和四六年）や坂上弘の『ある秋の出来事』（昭和三五年）、あるいは戦後の「家族」の変質を微妙な心理のヒダに沿って描いた阿部昭の長編、『司令の休暇』（昭和四五年）などからも、この世代が共通して分かち合っている問題意識をうかがうことができる。

## 5　女性の主体性

ここで昭和三〇年代以降の女性作家たちの動向を整理しておきたい。

*『遠来の客たち』（昭和二九年）でデビューし、『たまゆら』（昭和三四年）で知られる曾野綾子は、

---

『杳子』：神経を病む女子大生と偶然出会い、深まっていく愛の絆を描く。

『挟み撃ち』：二〇年前に着ていた外套をふと思い出し、その行方を追う中で過去の記憶がよみがえる。

『失うべき日』：幼い娘のおしゃぶりの紛失が気になり、不安にとりつかれる男の感覚を描く。

『遠来の客たち』：進駐軍の軍人を、接収ホテルで働く一九歳の娘の目を通して描く。

『紀ノ川』*（昭和三五年）、『華岡青洲（はなおかせいしゅう）の妻』*（昭和四一年）の有吉佐和子（ありよしさわこ）と共に、「第三の新人」世代として時代をリードした。河野多恵子は、戦争体験に基づく性的コンプレックスを描いた『幼児狩り』（昭和三六年）、勤労動員の女子寮に迷い込んだ幼児を女子学生たちが可愛がり、死なせてしまう『塀の中』（昭和三七年）、サド、マゾの心理を描いた『蟹』（昭和三八年）など、性愛を心理と意識のひだにそって描いていく作風に特色がある。森鷗外の娘、森茉莉（まり）が『恋人たちの森』*（昭和三六年）でデビューしたのもこの頃のことであった。

彼らに続く世代としてあげられるのが瀬戸内晴美（寂聴）で、『かの子撩乱（りょうらん）』*（昭和四〇年）等の連作で、ありあまる生命力によって既成道徳をはねのけ、男を肥やしに才能を開花させていった女性たちを描いている。津村節子もまた、妊娠、出産の際の揺れ動く心理を巧みに描いた『玩具』（昭和四〇）、夫婦の機微を北国の叙情と共に描いた『さい果て』（昭和三九年）などを書き継いだ。

この時期の女性作家たちが執拗に追求したのが「産む性」としての女性のありようである。たとえば河野多恵子は「産むことのできない性」の自虐的なセクシュアリティを追求し、富岡多恵子の長編『植物祭』（昭和四八年）、あるいは高橋たか子の『空の果てまで』*（昭和四九年）は「母性」への嫌悪を、また三枝和子は短編集『処刑が行われている』（昭和四四年）で出産への呪詛を描いている。これらはいわば桎梏（しっこく）としての「母性」との戦いともいえようが、こうした中で、生殖を目的としない孤独な男女の関係を詩的に描いたのが大庭みな子の『ふなくい虫』*（昭和四四

津島佑子

年）であった。その後津島佑子がデビューして*『寵児』（昭和五三年）、*『黙市』（昭和五七年）等の作で「私生児の母」をテーマに、「産む性」としての新しい女性像を描き、多くの支持を集めることになる。津島文学の特色は、題材が一見日常的な家族の関係性に求められているように見えながら、これらが太古の歴史に通じる宇宙論的な広がりを見せていく点にあり、その後の作品においても「家族」の虚構性、日常を生きる欠落感、結

『紀ノ川』：明治・大正・昭和にわたる和歌山の素封家の娘の三代の歴史。

『華岡青洲の妻』：名医の人体実験に共に身を捧げようとした、妻と姑の間の確執を描く。

『恋人たちの森』：同性愛者を殺人で失った少年の姿を華麗な筆致で描く。

『かの子繚乱』：岡本かの子の奔放な生き様を描いた評伝。

『空の果てまで』：周囲への憎悪を隠せず、幸せに暮らす女友達から赤子を奪い、自分で育てる女の物語。

『ふなくい虫』：空想の観光地を舞台に、さまざまな男女が情事を重ねていく。

『寵児』：離婚して娘と暮らす女の日常とその不安を、想像妊娠の過程を通して描く。

『黙市』：妻子ある男との間に二人の子をもうけた母は、父と子の間に、かつて山と村との間で行われた沈黙の取引の場を設定する。

果として導き出されてくる非日常的な「夢」が、繰り返し変奏されている。こうした作風は、やがて『夜の光に追われて』（昭和六二年）などを経て、大作『火の山―山猿記』（平成一〇年）へと集大成されることになるのである。

金井美恵子『岸辺のない海』*（昭和四九年）は、ポストモダニズムの流れを受け、作中の「できごと」を完結した物語として提示することへのアンチテーゼを打ち出した。中沢けいの創作集『海を感じる時』（昭和五三年）が六〇万部を超えるベストセラーになったのも象徴的なできごとで、女性文学においてもまた、「性」は実体的な桎梏から、感覚的で自由な世界へと、そのとらえ方が変移しつつあったのである。

一般にフェミニズムの歴史は、近代国家における参政権、就労闘争を中心にした第一波、一九七〇年代のアメリカのウーマン・リブ運動を中心に、職場の平等、就学機会の平等、中絶の権利などを闘争目標にした第二波、一九九〇年代になって、人種、民族、階級を超えた多様な女性の立場から平等を主張する第三波に移行したとされるが、第二波から第三波にかけ、性差を生物学的な差異（セックス）と、文化によって構成された概念（ジェンダー）に分け、文化的社会的性差を構成概念として分析する方向へと研究は進みつつある。近代の男性作家たちが繰り返し追求してきた「母性幻想」は、戦後、それ自体が桎梏の対象として女性作家たちの戦いの対象とされてきたが、その後の展開は、さらにこうした段階からより自由な主体性をめざしていく歴史であったともいえる。その一方で、文化的性差を言語による構成概念として捉える視点と身体としての「性」を感覚として表象化していく視点とがどのように折り合うのか、という課題は、依然、未解決のテーマとして残り続けているのである。

## 6 近代小説と映像文化

ここで近代の小説と切っても切れぬ関係を持っている映画との関係について触れておきたい。日本が映像文化を移入したのは西洋の草創期とほぼ軌を一にしており、大正期に徳川夢声(むせい)らが無声映画(サイレント)に活動弁士として解説をし、独自の口承文化を切り開いていった事情もよく知られるところである。昭和に入ると有声映画(トーキー)がとって代わるのだが、これによってより複雑な内容の制作が可能になり、大河内傳次郎(おおこうちでんじろう)主演の『丹下左膳(たんげさぜん)』、市川右太衛門(うたえもん)の『旗本退屈男』などのヒットもあいまって、勃興しつつあった大衆文化の後押しをすることになる。昭和一〇年代になると、谷崎潤一郎『春琴抄 お琴と佐助』(封切り、昭和一〇年)、横光利一『家族会議』(同、昭和一一年)、山本有三『真実一路』(同、昭和一二年)をはじめ、同時代の小説を題材にした「文芸映画」の全盛時代を迎えることになる。『愛染(あいぜん)かつら』(川口松太郎、昭和一三〜一四年)のように主題歌が国民的な人気を博す映画が現れたのもこの時期のことであった。

『岸辺のない海』:小説家の「彼」は、記憶の中の少女に向きあうことで、終わりなき物語が開始される。

『潮騒』ロケ先にて。中央、三島由紀夫

川端康成の『伊豆の踊子』が過去六回、谷崎潤一郎の『細雪』が三回映画化されているように、小説が国民的な名作として定着する上で映画は重要な役割を果たしている。たとえば三島由紀夫の作品が映画化されたのは三〇作におよび、また三島自身が映画に出演している回数は六回、さらに『憂国』（昭和四一年制作）のように、自ら脚本、演出、主演を兼ねている例もある。

小説家が自ら脚本を執筆し、演出も手がけたもっとも早い例としては、谷崎潤一郎の『アマチュア倶楽部』（大正九年）をあげてよいだろう。主演の葉山三千子はのちの『痴人の愛』（大正一三～一四年）のモデルとなった女性で、この小説で当時のアメリカ映画の女優たちが重要な役割を果たしていることからもわかるように、映画は、谷崎にとってモダニズム文化の象徴として、小説の執筆にも大きな影響を与えていたのである。このほか、川端、横光、片岡鉄兵らが新感覚派映画連盟を結成し、衣笠貞之助監督『狂つた一頁』（大正一五年）を制作したことも注目される。これは当時の前衛芸術の一環としてそれ自体興味深いもので、フラッシュバック、カメラアイなどの手法を、彼らは進んで小説にも取り入れていったのである。

戦後のアバンギャルドの流れとして花田清輝(きよてる)、岡本太郎、埴谷雄高、野間宏、椎名麟三らがつどう「夜の会」「世紀の会」などの活動があったが、こうした地盤の上に、映画監督の勅使河原(てしがわら)宏が安部公房の「記録芸術の会」に参加したことが契機になって、両者による「共同制作」が開始されることになる。『砂の女』『他人の顔』『燃えつきた地図』の三作の映画化にあたって、安部は自ら脚本を手がけたのみならず、小説執筆の段階から勅使河原とのコラボレーションを意識して、カットバック(異なる場面を交互に出す手法)、あるいは偶然性(たまたまカメラに飛び込んでくるものによって因果的な物語を断ち切る)などの手法を用いて創作していたのだった。

映画と並び、昭和三〇年代の半ばから爆発的に普及したテレビの影響も見過ごせない。松本清張、司馬遼太郎らが国民的な作家となった背景にはテレビドラマがあったし、向田(むこうだ)邦子の活躍もテレビなしにはあり得なかった。その後、ゲーム、漫画、アニメなどと連動した映画作品が増加すると共にメディアミックスの動きはますます加速し、映像文化と無縁に「小説」ジャンルが成り立つことは考えられない時代に突入していくことになる。版画家の池田満寿夫(ますお)が『エーゲ海に捧ぐ』*(昭和五二年)で芥川賞を受賞し、この作品を自ら監督として映画化したのは、マルチ・メディア時代を象徴するできごとであろう。池田は長くアメリカに在住し、ヨーロッパで同作を制作しており、世界同時性の時代が到来しつつあることを示したのである。

---

『エーゲ海に捧ぐ』:ローマに来た画学生ニコスの愛欲の日々を描く。

## 7 「日本」という概念

高度経済成長期を迎えた戦後の文学は、世界同時性と共に、一方で、日本の土着的な風土が近代主義へのアンチテーゼとして見直されていく歴史でもあった。

信州の山村を舞台に姨捨伝説を扱った深沢七郎『*楢山節考』(昭和三一年)は、近代ヒューマニズムとは無縁に、ひたすら土着的な論理に従って生きる人々を描き、大きな反響があった。続く『*笛吹川』(昭和三三年)も注目されたが、『風流夢譚』(昭和三五年)で右翼の糾弾を受け、休筆を余儀なくされることになる。長崎の炭鉱を舞台にした井上光晴の『*虚構のクレーン』(昭和三三〜三四年)、北海道の風土を長編で描いた原田康子の『挽歌』(昭和三〇〜三一年)が映画化され、一大ブームを巻き起こしたのもこの頃のことであった。

こうした中で注目されたのが中上健次で、『岬』(昭和五〇年)、『枯木灘』(昭和五二年)、『千年の愉楽』(昭和五七年)等の作品において、「路地」に表象される地縁、血縁の葛藤を繰り返し描き、また並行して被差別部落、在日朝鮮人など、社会的差別への発言を続けた。『枯木灘』の主人公、竹原秋幸は異父兄の自殺、実父への愛憎、異母妹との情交などに苦しむが、そうしたさなかにふと、こうした葛藤とは異質な、たとえば次のようなコスモポリタニズムが顔を出すことになる。

秋幸は海に入った。

海は、秋幸をつつんだ。秋幸は沖に向かった。波が来て、秋幸はその波を口をあけて飲んだ。海の塩が喉から胃の中に入り、自分が塩と撥(は)ねる光の海そのものに溶ける気がした。空からおちてくる日は透明だった。浄めたかった。自分がすべての種子とは関係なく、また自分も種子をつくりたくない。なにもかもと切れて、いまここに海のように在りたい。透明な日のように在りたかった。

中上健次

「風土」は、いかにその特殊性が強調されようとも、特殊な題材自体がただちに普遍的な主題になることはあり得ない。この場合は海が大自然への回路になっているのだが、特殊が普遍を導き出し、

『楢山節考』：食い扶持を減らすために母を棄てる棄老伝説を自ら実践する母と息子の物語。

『笛吹川』：川筋を舞台に繰り広げられる、幾代にもわたる農民たちの生きざまを描く。

『虚構のクレーン』：長崎の原爆、朝鮮人の強制労働を扱った長編小説。

普遍が特殊を照らし出す、そのダイナミックな往還にこそ、中上の文学の魅力があるのだといってよいだろう。

今日われわれの抱く「日本」という概念は明らかに明治以降の近代的な国家意識に基づいて形成されたものである。「単一民族国家」という〝幻想〟を自己相対化するためには、近代国家によって抑圧されてきたマイノリティの再評価が不可欠であろう。その際、戦後、重要な役割を果たしてきたのが「在日」の文学である。昭和一〇年代にすでに金史良（キムサリャン）、張赫宙（チャンヒョクチュ）らが日本の文壇で中堅作家として活躍する一方で、祖国で日本語を強制され、戦後、「親日作家」として厳しく糾弾された作家もあった。

戦後の「在日」の第一世代に該当するのが李光洙（イグァンス）、金東仁（キムドンイン）ら戦前に日本留学の体験を持つ作家たちである。二つの言語を自由に用い、異境の地である日本にいることを、日本語で違和感なく表現できたのが彼らの特権で、金達寿（キムタルス）の*『玄界灘』（昭和二七～二八年）は、そのすぐれた達成といえよう。これに対し、第二世代の芥川賞受賞作家、李恢成（イフェソン）、朝鮮半島を舞台にした長編*『火山島』（昭和五二～平成九年）で知られる金石範（キムソクボン）らは言語的、空間的な祖国との距離をテーマに、差別と戦いながら「日本」を異国として相対化する視点を獲得していった作家たちである。このあと李良枝（イヤンジ）らの第三世代が、純粋な戦後世代として最初から外国語としてハングルを学び、いわばゼロから「日本」を相対化し、民族的なアイデンティティを言葉で構築する方向へと向かうのである。

おそらく問題はうちなる「他者」といかにして出会い、ナショナリティの虚構性を浮き彫りにしていくかにかかっているといえるだろう。大城立裕（おおしろたつひろ）の芥川賞受賞作『カクテル・パーティー』*（昭和四二年）をはじめとする「沖縄文学」が重要な位置を占めるゆえんである。「東アジア」の視点から単一民族国家幻想を相対化していく動きも近年の特色で、自ら奄美大島に住んでいた島尾敏雄の提唱した、独自のヤポネシア構想（日本列島を琉球弧をはじめとする列島のつながりとして捉える概念）なども、その先駆として注目されている。ただしその一方、アイヌの問題も含め、マイノリティの見直しは一つ間違えばいつでもマジョリティの補強に転じてしまう落とし穴があり、「うちなる他者」を視点に絶えずナショナルアイデンティティを批判的に相対化していく柔軟な知性が求められるのである。


『玄界灘』：植民地支配下で、日本語の使用、創氏改名を強いられた人々の生きざまを描く。

『火山島』：一九四八年の済州島四・三事件（島民虐殺事件）を扱う。

『カクテル・パーティー』：米国統治下の沖縄で、沖縄人、中国人、米国人相互の民族的な葛藤が浮き彫りにされていく。

## 8　原理原則の脱構築とポスト・モダン

七〇年安保、学園闘争を受け、ラディカルな政治状況へのアンチテーゼとして、たとえば庄司薫が『赤頭巾ちゃん気をつけて』（昭和四四年）で知的饒舌を繰り広げるなどの動きもあったが、これがあらゆる原理、原則に対する不信として明確な反発となって表れてくるのが昭和五〇年代である。その意味でも個人の「内面」を忌避し、映像的風俗の中にすべてを溶かし込んでいく村上龍の『限りなく透明に近いブルー』*（昭五一年）が芥川賞を受賞し、一二〇万部を超えるベストセラーになったのは象徴的なできごとであった。続く三田誠広の『僕って何』（昭和五二年）は、政治運動、学生運動に乗り遅れて大学に入り、セクト間の対立に翻弄される若者を描き、ナイーブで主体性がなく、周囲への敬意の対象がつぎつぎに変化していく姿が描き出されている。

こうした流れを受け、国家と個人、政治と文学、自我、土俗的な風土など、それまで近代文学が追求してきたテーマが大きく変容するきっかけになったと言われているのが村上春樹の登場である。『風の歌を聴け』（昭和五四年）、『1973年のピンボール』（昭和五五年）、『羊をめぐる冒険』（昭和五七年）の三部作はいずれも「僕」と友人「鼠」との会話からなるが、実は両者共に全共闘世代であり、機動隊と戦った経験も持っている。しかし現実との関係には常に疎隔感、間接感が漂い、主体性をもって生きる内面のドラマをあえて迂回していくような構成がとられているのである。

村上の短編『蛍』（昭和五八年）の一節をあげておくことにしよう。

我々は何かの目的があって四ッ谷に来たわけではなかった。僕と彼女は中央線の電車の中で偶然出会った。僕にも彼女にもべつに予定はなかった。降りましょうよと彼女が言って、我々は電車を降りた。それがたまたま四ッ谷駅だったというだけのことだ。二人きりになってみると、我々には話すことなんて何もなかった。彼女がなぜ僕に電車を降りようと言ったのか、僕にはわからなかった。話すことなんてそもそもの最初からないのだ。

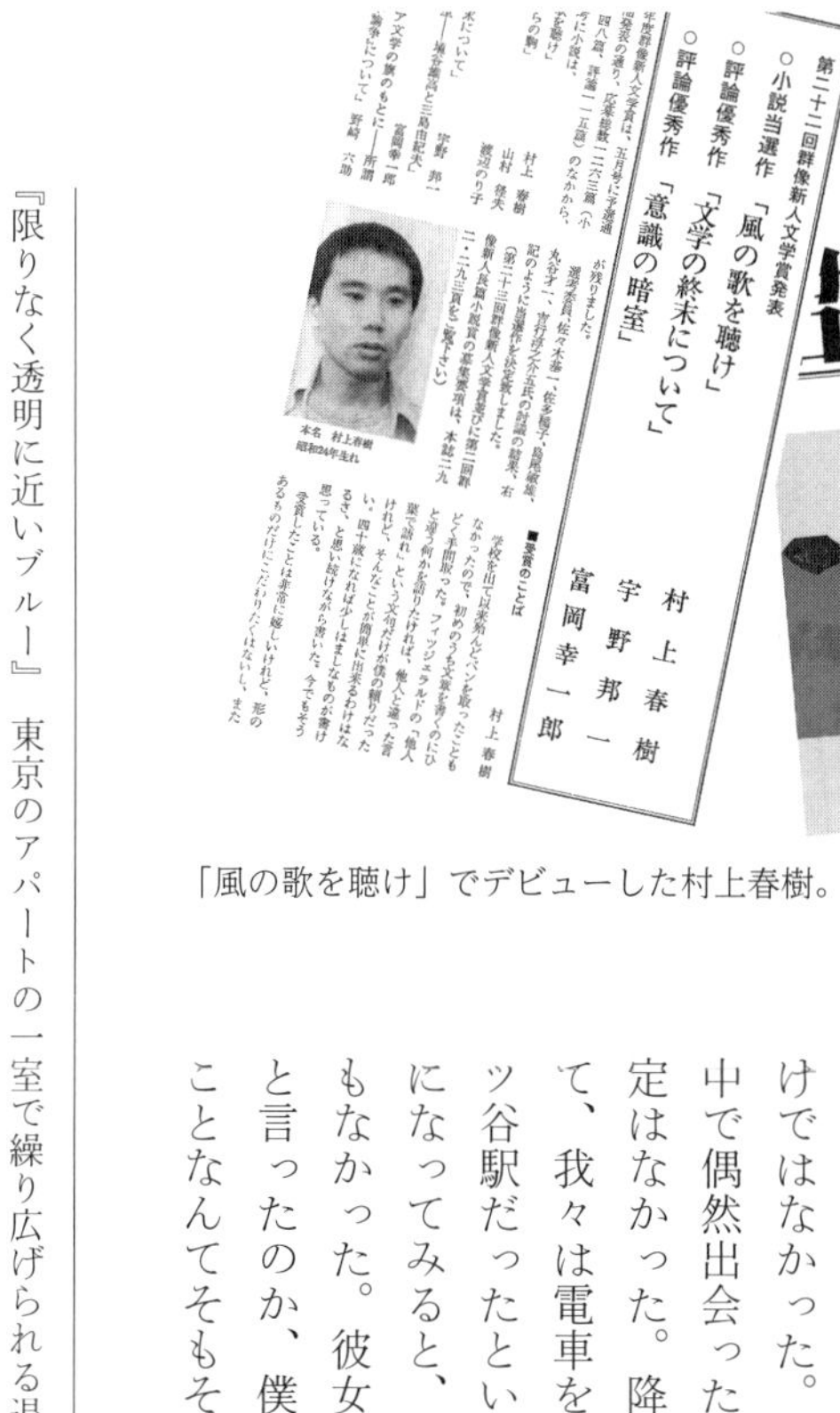
群像
第22回群像新人文学賞発表
「風の歌を聴け」村上春樹

第二十二回群像新人文学賞発表
○小説当選作「風の歌を聴け」　村上春樹
○評論優秀作「文学の終末について」　宇野邦一
○評論優秀作「意識の暗室」　富岡幸一郎

が残りました。
選考委員、佐々木基一、佐多稲子、島尾敏雄、丸谷才一、吉行淳之介五氏の討議の結果、右記のように当選作を決定致しました。
（第二十三回群像新人文学賞並びに第二回群像新人長篇小説賞の募集要項は、本誌二九二・二九三頁をご覧下さい）

本名　村上春樹
昭和24年生れ

■受賞のことば　村上春樹
学校を出て以来殆んどペンを取ったこともなかったので、初めのうち文章を書くのにひどく手間取った。フィッツジェラルドの「他人と違う何かを語りたければ、他人と違った言葉で語れ」という文句だけが僕の頼りだったけれど、そんなことが簡単に出来るわけはない。四十歳になれば少しはましなものが書けるさ、と思い続けながら書いた。今でもそう思っている。
受賞したことは非常に嬉しいけれど、形のあるものだけにこだわりたくはないし、また

「風の歌を聴け」でデビューした村上春樹。『群像』昭54年6月号

『限りなく透明に近いブルー』東京のアパートの一室で繰り広げられる退廃的な生活が淡々と映し出されていく。

ひと言で言えば「筋合いのない世界」とでもいったらよいのだろうか。初期の村上の小説は必然的な因果関係に基づく心理や主義主張に従って人物が動いていく「近代小説」のあり方への一つのアンチテーゼになっている。「たまたま四ツ谷駅だった」という文言に代表されるように、そこではもはや土地の「記憶」は匿名化されているのだが、逆にそれが現代都市に普遍的に内在する神話的構造に通じる結果になっており、村上文学が世界各国で高く評価される要因にもなっている。風土、家、因襲、権力といった闘争の対象が予め定まっているわけではない。「小説」に何を求めるか、というその概念自体が、大きな転機を迎えつつあるのだと言えよう。

古今東西、文学概念は常に変容を繰り返してきたが、江戸から明治にかけてそのジャンル認識が大きく変わったように、二〇世紀の終盤にかけて、「小説」もまた大きくその性格を変えつつあった。近代小説を物質面で支えたのは「原稿用紙」と「活字」と「ペン」だが、コンピューター写植、ワープロの普及によってこの三者はいずれも姿を消しつつある。紙媒体としての雑誌、新聞も性格を変えてデジタル化、ネット化の時代を迎え、電子本、携帯小説の出現など、「小説」もまた、これまで体験したことのないあらたな局面を迎えつつある。

しかしいかなる時代が到来しようとも、文学の歴史には進歩も退歩もない。小説文体において「話すこと」と「書くこと」との関係はいかにあるべきなのか、小説は日常の実感に密着した芸術ジャンルであるべきなのか、それとも現世では不可能な美の世界をめざすべきものなのか、あるいはまた、描くべき出発点は「個」にあるのか共同体にあるのか、さらにその際、「政治」と「文学」とはいかなる関係にあるべきなのか、等々、近代小説の歴史は、これらの問題が常に形を変えて変奏され続けてきた歴史でもあった。その実践と戦いのプロセスそれ自体が一個の文化遺産として、今後長く受け渡されていくであろうこともまた、一方では疑いようのない事実なのである。

# 付

# 「近代日本文学」の成り立ち

## 1　概念自体のあやうさ

### 「近代日本」という概念

さしあたってまず、「近代日本文学」を「近代」と「日本」と「文学」という三つの概念に分けて考えてみることにしよう。実はこれらの意味するものは一般に考えられているほど自明のものではなく、それぞれに〝あやうさ〟を含んでいることがわかる。

まず「近代」という概念についてだが、そもそもいつからが「近代」文学なのか、という範囲についてすら、合意が成り立っているわけではない。明治元年という区切りが政治的・行政的な意味しか持たぬことは明らかだが、それでは文学的な「近代」の実質をどこに求めるか、という点になると、その立場は実にさまざまである。西洋文明との出会いを重視するならペリーの黒船来航（嘉永六年〈一八五三〉）が始発点、ということになろうし、その折に詠まれた狂歌はすでに

多和田葉子　谷崎潤一郎賞受賞の授賞式、2003年

「近代」文学である、ということになる。文芸思潮としての写実主義を重視するなら、坪内逍遥の『小説神髄』（明治一八〜一九年〈一八八五〜八六〉）の刊行が重要な意味を持つことになるだろう。両者の間にはすでに三〇年以上の開きがあるわけである。また、いつまでが「近代」なのか——「現代」文学との境界をどこに求めるのか——という点についても、関東大震災（大正一二年）後、第二次大戦後、あるいは村上春樹の登場以降などなど、論者によってその見解は実にまちまちなのである。

次に「日本」という概念だが、これが近代になって形成された国民国家観に基づくものであることはあらためて言うまでもない。江戸期の庶民が平均的に抱いていた国体の観念は今とはかなり異なったものであったはずで、明治以降の基準で明治を裁くかぎり、近代人にとって都合のよい「近代」しか見えてこなくなってしまうだろう。たとえば旧植民地下において日本語を強制され、あるいは「内地」の文壇で活動した中国・台湾・朝鮮・韓国の文学者たちの作品を単純に「日本文学」として扱うなら、かつての国家観を素朴に再生産してしまう罪を犯してしまうことになる。逆に湯浅克衛のように朝鮮半島での「移民」を通して異質な他者と邂逅し、それまでの国家観が崩壊していく現場に立ち会っていったケースもある。また在日三世の李良枝（イヤンジ）のように、日本国籍を持ち芥川賞を受賞しても韓国で活動していた例、リービ・英雄のように日本語をゼロから習得して執筆活動をしている例、あるいは多和田葉子のようにドイツに渡り、日本語とドイツ語の双方で創作を発表している例もある。単純に「日本人が日本語で書いた文学」という定義を持ち出した瞬間にわれわれは一国中心主義に埋没してしまうわけで、言葉はその本来の属性として越境的な性格を持っている。境界領域の両義性、流動性の中から、既存のナショナリティそのものを相対化していくまなざしが問われているわけである。

### 「文学」という概念

次に「文学」という概念について。大学の文学部の多くが改組され、また「純文学」の不振が喧伝される中で、一見、「文学」の衰退がイメージされているように見える。しかし歴史的に見ればこの概念は常に変貌を繰り返してきているのであって、現在もまたその過渡期の一つに過ぎない。「文学」というタームの用例は古く『論語』（先進篇）にまで遡るが、もともとは文字で表記された学問一般を示す概念なのであった。これが六朝時代に「学問」と「文章」「文体」の意に分化し、その双方が日本にも伝播することになる。江戸期に至るまで正統的な「文学」は四書五経を中心とする儒学、史伝、漢詩などを意味し、狂歌や戯作がこれらと同一視されることはなかった。その意味では明治初期の福沢諭吉ら明六社の同人たちの啓蒙活動もまちがいなく「文学」だったのであり、それは救世済民思想としての政治的要請とも不即不離の関係にあったわけである。その後西洋の浪漫主義以降の文学観が流入し、これが近代個人主義、非功利的な精神世界の称揚などとも結びついて、明治の後半期になると、リタレイチャー（literature）の訳語として、狭義の言語芸術に局限されていくことになる。「文学」は本来、自然科学から教育、経済の領域に至る幅広い学際性を備えていたのであり、長い歴史を見れば、現在のわれわれが「衰退」を叫んでいる概念自体がきわめて特殊なものであったことがわかる。それは芸術としての特権性と引き替えに、本来持っていた広範な学際性を失っていく歴史でもあったわけで、近代の「文学」について考える際には、まずその獲得と喪失の両面を合わせ見ていく複眼が要求されるのである。

### 補塡し合う後追いの構造

以上、「近代」と「日本」と「文学」という、三つの概念がいかに不定形（アモルフ）なものであるかについて確認してみた。にもかかわらず、「近代日本文学」という確固とした領域があらかじめ存在しているかのような〝錯覚〟をわれわれが抱いてしまうのは果たしてなぜなのだろうか。

おそらくこの問題は、次の三つのレベルに分けて考えることができよう。第一には作り手、つまり創作集団としての「文壇」が、歴史的にどのような形で成立していったのか、という問題であり、第二には、受け手、つまり読者や文芸批評家、さらにはこれを支える商業出版機構が、これらをどのように制度化していったのか、という問題、第三には、学術としての文学研究が、さらにこれらをどのように研究対象にしたのか、という問題である。およそあらゆる権威が中心の「空白」を担保にこれを補塡しようとする二重、三重の操作によって形成されていくように、制度としての「日本近代文学」もまた、「第一」→「第二」→「第三」の順に、その作用を補完し合うことによって後追い的に形作られていったものと考えることができよう。以下、この問題を歴史的に検証しつつ、その中でなお、「近代日本文学」にどのようにアプローチしていくことが可能なのかについて考えてみたいと思う。

## 2 「文壇」の虚構性

### ジャーナリズムと文学

まず第一に、「文壇」という名の共同体について。

近代日本文学における「文壇」の形成もまた、時間的に緩やかに重なり合う、三つのプロセスとして考えることができる。第一には文学者がジャーナリストとしての仕事と不可分に創作活動を行っていた段階であり、第二には、自然発生的な親睦グループが形成されていく段階、第三には、明確に文学観の相違を意識したグループが「対立」を演じ合っていく段階である。

明治初頭の文学状況は、まず「上から」の流れとして福沢諭吉ら明六社同人たちの啓蒙活動があり、また、「下から」の流れとして、仮名垣魯文ら幕末の戯作者たちの活動があった。戯作者

『国民之友』創刊号、民友社、明治20年2月

の活動は政府の言論統制によって一度下火になるが、新聞というあらたなメディアが結束点となって、明治一〇年代に再び隆盛を迎えることになる。一方でこの時期は自由民権思想の啓蒙を目的に書かれた「政治小説」の全盛時代でもあり、これらは自由党系と改進党系のメディアとに分かれていた。

明治二三年の国会開設の詔を契機に運動は下火となるが、以後の言論界は、徳富蘇峰ら欧化主義、リベラルな開明派を標榜していた民友社系列（『国民之友』）と、志賀重昂、三宅雪嶺、杉浦重剛ら国粋主義を標榜する政教社系メディア（『日本人』）の二つの流れに分けることができる。『国民之友』と併走しながらキリスト教的な啓蒙主義を標榜していたのが巌本善治らの『女学雑誌』で、ここから北村透谷がデビューし、一方政教社系からは正岡子規が出発している。明治期を通して、文学者は創作だけで食べていくことはできず、その多くは新聞記者など、ジャーナリストとして活動していたのである。

## 徒弟制度的な結社の形成

これに対し、文学者の最初の自主的、明確な人的ネットワークとして注目されるのが硯友社である。明治一八年〈一八八五〉に当時大学予備門に在学していた尾崎紅葉が、山田美妙、石橋思案らを語らって多分に趣味的な要素の強い文学グループとして発足するのだが、同人誌『我楽多文庫』は大きな反響を呼んで商業誌となり、これらが起爆剤となって「明治文壇」が形成されていくことになる。紅葉と袂を分かった美妙は雑誌『都の花』を拠点に活動し、これに対抗して硯友社も吉岡書店から叢書『新著百種』を刊行、『読売新聞』の文芸欄を足場に一大勢力を築いていくのである。

紅葉は多くの門下生を抱えており、泉鏡花、小栗風葉、徳田秋声らがここから巣立っていくのだが、これらは文学上の主義によって結ばれていたというよりも、多分に前近代的な徒弟制度に裏打ちされていた。一方で森鷗外は弟の三木竹二らと雑誌『しがらみ草紙』で独自の活動をしていたし、紅葉と並び称された幸田露伴は根岸党と称する趣味的な文学グループに身を置いていた。さらには『小説神髄』を著してオピニオンリーダーの位置にあった坪内逍遙は早稲田大学を拠点にグループを形成しており、これらの動きが明治二〇年代は個人的な交友に基づく緩やかな人的ネットワークを形成していたのである。

『都の花』創刊号、金港堂、明治21年10月

こうした中で島崎藤村、北村透谷らが巖本善

治の系列から自立して浪漫主義的な傾向を色濃く掲げた雑誌『文学界』を明治二六年に創刊し、また、正岡子規が、短歌、俳句の革新運動を起こすあたりから、人的なネットワークは次第に主義主張を前面に掲げる流派(エコール)へと、次第にその性格を変えていくことになるのである。

## 主義主張に基づくエコールへ

こうした動きの決定的なきっかけは、早稲田大学を中心とする自然主義陣営の形成に求めることができよう。第二次『早稲田文学』の復刊(明治三九年〈一九〇六〉)、高山樗牛(ちょぎゅう)亡き後の『太陽』『読売新聞』『文章世界』を舞台に、田山花袋、島村抱月、徳田秋声、相馬御風、岩野泡鳴らが「無理想・無解決・無条件」などの明確な主義主張を前面に掲げ、いわば理論武装を持って旗揚げすることになったのである。ひとたびこうした「核」が形成されれば、次にはそれをバネに異なる色分けが進んでいくのも自然の理であろう。自然主義は高浜虚子ら『ホトトギス』に拠る写生派と対立し、これを拠点に小説家として出発した夏目漱石はおのずと「反自然主義」と目されることになり、これが『読売新聞』に対抗した文芸色を押し出そうとしていた『朝日新聞』と結びつき、漱石の朝日入社をきっかけに、その文芸欄は反自然主義の中心と目されることになるのである。

自然主義の全盛期はほんの数年間であり、明治四三年からは、自然主義に反発する新世代の文学者たちが、続々とあらたなエコールを作っていった。明治四〇年、洋画の石井柏亭らが美術雑誌『方寸』を創刊するが、これに木下杢太郎、北原白秋らがつどい、杢太郎の発案で、翌年の暮に「パンの会」が発足している。パンはギリシャ神話の牧羊神の名から採ったもので、パリのセーヌ河畔に起こったサロンに自らをなぞらえ、隅田川河畔の料理店が会合の場所に選ばれたのであった。ここから『明星』の後継として雑誌『スバル』が発刊され、反自然主義の拠点として、耽美派が産声を上げることになる。

文学者たちのつどい、ということでは、これに先立ち、国木田独歩、田山花袋、柳田国男らが麻布の西洋料理店に集まっていた「龍土会」なども想起される。このように明治三〇年代の後半から志を同じくする文学者の自由な交流の場としての「サロン」が形成され始めるのだが、その延長線上に、たとえば、耽美派以外の反自然主義の動きとしては、武者小路実篤、志賀直哉ら学習院の学生たちが集まった『白樺』の発刊があり、さらに時間を経て、芥川龍之介、久米正雄、菊池寛ら東京帝大の学生たちが漱石の庇護のもと、第四次『新思潮』を創刊したのだった。

「太陽」創刊号、博文館、明治27年12月

## 「近代文学」の黄金期

たとえば早稲田の自然主義に対して慶応の耽美主義（永井荷風が教授として招聘され、『三田

文学』を主宰した）、理想主義を掲げる学習院の白樺派、理知主義を標榜する東京帝大の新思潮派など、当時の若者たちは明確な文学観の違いに基づいて、雑誌、大学ごとにはっきりした色分けを行い、「近代文学」の黄金期を形作っていった。時期からすると明治四〇年〈一九〇七〉前後から大正半ばまでのわずか十数年のことなのだが、この時期が同時にまた、今日近代文学の代表作と目されるもののかなりの部分が発表された収穫期でもあったのは決して偶然ではない。重要なのはこうした「文壇」の書き割りが、彼らが自ら作品を生み出すために、自分たちで創り上げた舞台装置でもあったという事実であろう。文壇が生じて小説が生み出されるのではなく、不特定多数の読者に対して自らの共同性をよそおうためにあえて「文壇」が演じられ、小説が書かれていったのである。半ば自然発生的に形成された文壇は、ここに至って作り手と受け手との共同幻想を立ち上げるための装置として機能していくことになったわけである。

出版文化に関して言えば、明治になって和装版本から洋装活字本へと変化するに伴い、出版部数はヒトケタ増加していくことになる。不特定多数の顔の見えない読者をどのように囲い込んでいくかが書き手の大きな課題になっていくわけで、こうした中で、彼らはあらたな共同性の根拠を、商業ジャーナリズム下における、いわば固有名詞としての「作者」の権威に求めていくことになる。そこでは「あの漱石」「あの鷗外」の描いた作品である、ということが共通認識になるわけで、先の「文壇づくり」もまた、こうした事情と決して別のものではなかったのである。

「文芸倶楽部」創刊号、博文館、明治28年1月

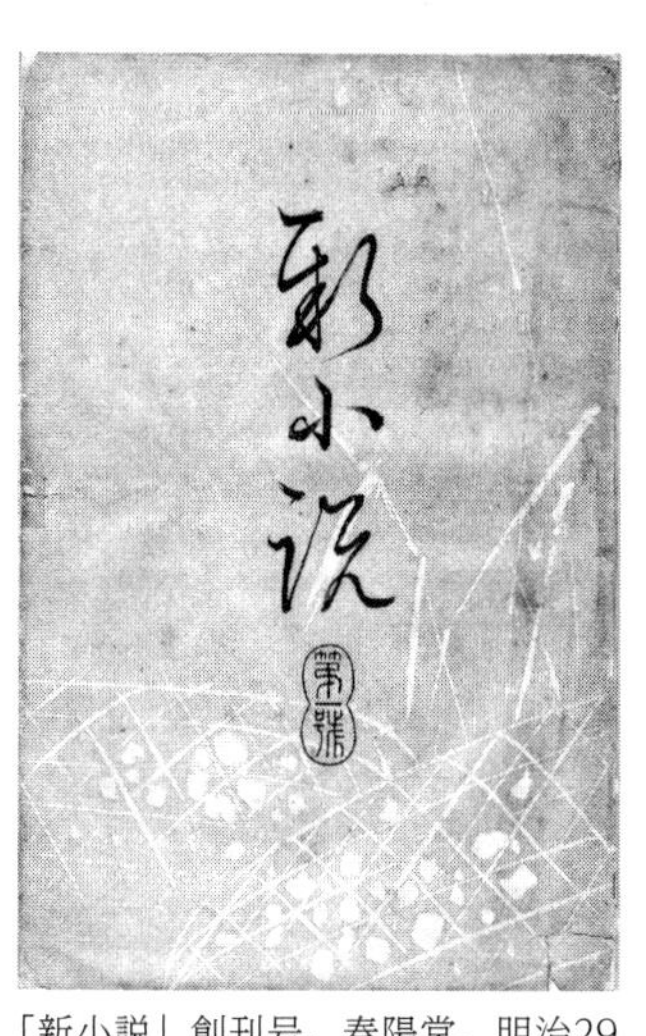

「新小説」創刊号、春陽堂、明治29年7月

## 演じられた「文壇」

一般には、文学者が狭い文壇ギルドを作ってその閉鎖社会に閉じこもり、それが互いの生活を報告しあう特殊な「私小説」の発達をうながした、と説明されることが多い。しかし事実はおそらくその逆なのであって、彼らは不特定多数の読者に自らの伝承の根拠、固有名詞としての「作者」の権威を提示するために、意図的に狭い交友関係を小説化していったと考えるべきなのであろう。この時期、博文館の『文芸倶楽部』『文章世界』、春陽堂の『新小説』など、全国の書店に並ぶ商業文芸誌も安定した部数を出していたし、文学者の主要な発表の場となった『中央公論』『改造』も、全盛期にはそれぞれ五万部程度の発行部数を誇っていた。新聞の文芸時評も含め、彼らは決して特殊な閉鎖社会に身を置いていたわけではない。不特定多数を相手

「文章世界」創刊号、博文館、明治39年3月

に意図的に小さな演技（同人誌の交友関係など）を企て、逸話や神話を作り出していた、というのが近代文学における「文壇」の本質だったのである。

芥川龍之介は『毎日年鑑 大正九年版』（大正八年、毎日新聞社）において、「大正八年の文芸界」と題する一文を記し、その年の状況の総括をしているが、名称は多少異なるものの、先に挙げた流派がほぼ同時代にあってすでに的確に整理されていることにあらためて驚かされる。あるいはその慧眼に敬服する向きもあるかもしれないが、実はこれも話が逆なのであって、今日われわれが用いている文壇図式は、実はそのかなりの部分が、すでに同時代に彼ら自身の手によって作られたものだったのである。この点にはよくよく注意する必要があるわけで、彼らの用いた「文壇」にそのまま乗ってしまうのではなく、それらが演じられていった必然性の分析にまで進まなければ、われわれは彼らの意図を単純に再生産することになってしまうことだろう。

## 3 出版機構による補強

## 「円本」の役割

第二に、こうした「文壇」を、商業資本の側がどのように後追い的に再生産していったのかを概観してみたい。

日本の「近代文学」の総体が文化遺産として鳥瞰され始めるのは、関東大震災後の、いわゆる「円本」時代以降のことである。よく知られるように、円本とは、大量生産、廉価販売を書籍出版に適用し、一冊一円で、近代文学の名作を全集企画し、予約出版していく形態を指している。きっかけは改造社が、同社の起死回生策として大正一五年〈一九二六〉一一月から『現代日本文学全集』全三七巻（別巻一）の刊行を開始したことに始まる。菊判、三段組み、総ルビ、一冊平均三〇〇頁で、三五万部という、記録的な売り上げを記録したという。最初の予約金は最終配本で返すので、書肆にとっては無利息の運転資金を活用することができ、震災後の相次ぐ恐慌で出版不況にあえいでいた状況にはまことに賢明な経営の手段でもあった。これに刺激されて、老舗の春陽堂がその出版権を生かし、『明治大正文学全集』全五〇巻（昭和二年〈一九二七〉〜）を刊行、新潮社も『現代長編小説全集』全二四巻（昭和三年〜）を刊行するなど、いわゆる「円本合戦」が始まることになるのである。

改造社の『現代日本文学全集』全三七巻の構成を見ると、「坪内逍遙」「森鷗外」「徳富蘇峰」などのように、主要な文学者は独立して一巻が構成されているのに対し、広津柳浪、川上眉山、斎藤緑雨は三人で一巻を構成するなど、文学者の「格付け」がなされていることがわかる。その

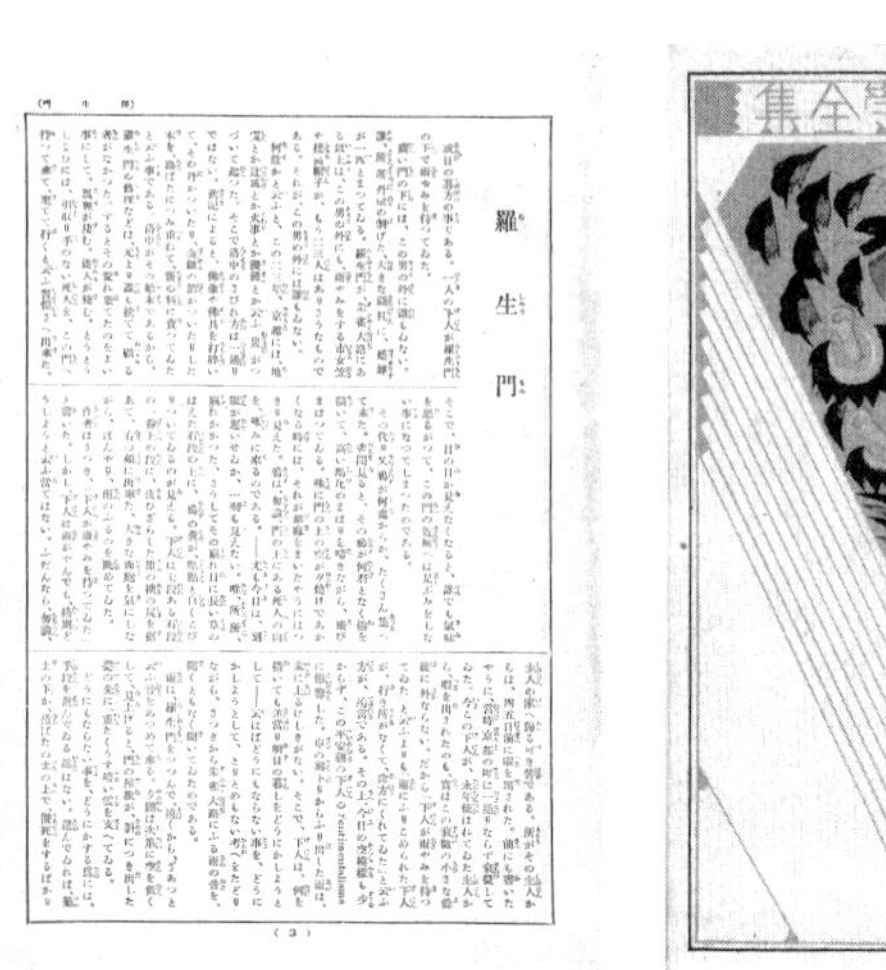

羅生門

『現代日本文学全集』第三十篇「芥川龍之介集」、昭和3年1月、改造社、表紙及び第1頁

後さらに二五巻が増補されることになるのだが、第一次刊行の大家と「増補組」との区別も、当然読者にはヒエラルキーとして意識されたことだろう。「新興芸術派」「プロレタリア文学」などの巻名は文学者たちが作った「文壇」地図を公的に追認していく役割をも果たすことになったわけで、当時の宣伝文句に恥じず、まさに「現代文学の一大鳥瞰図」が全国津々浦々の茶の間に認知される効果をもたらしたわけである。

### 制度としての文学全集

「円本」は、決して「円タク（市内統一料金のタクシー）」時代だけの産物ではない。同時代の文学を「文化遺産」にしていくにあたって、その後半世紀にわたって刊行されていった各種「文学全集」の果たした役割はまことに大きなものがあった。たとえば戦中期にあっても新潮社の『昭和名作選集』全三〇巻（昭和一四〜一八年〈一九三九〜四三〉）が、そのハンディなサイズと値段もあいまって、各巻平均三万部を売り上げていたという事実はあまり知られていない。戦後、中小出版社による、雨後の竹の子のような文学書刊行ブームの後、昭和二〇年代半ば（一九五〇年頃）には一度深刻な出版不況に襲われるのだが、こうした荒波をくぐり抜けた後で、いよいよ昭和三〇年代から四〇年代（一九五四〜七三）の高度経済成長期にかけて、空前の文学出版黄金期を迎えることになるのである。

たとえば曾根博義は「文芸評論と大衆――昭和三〇年代の評論の役割」（『文学』二〇〇八年三月号、四頁）において、青山毅編『文学全集の研究』（平成二年〈一九九〇〉、明治書院）と日外アソシエーツの『現代日本文学全集綜覧シリーズ』をもとに、代表的な文学全集の刊行の頻度を、「大正・昭和戦前一九種、昭和二〇年代二一種、昭和三〇年代二四種、昭和四〇年代三三種、昭和五〇年代七種」と分析し、「高度成長期と重なる昭和三〇年代から四〇年代にかけての時代が同時に文学全集の全盛時代であった」と結論づけている。さらに代表的な日本近代文学全集二七種をピックアップし、これらがほとんど一九六〇年代に集中している事実に注目し、「中間小説、時代小説、推理小説などの大衆文学の攻勢によって純文学は衰亡し、過去の幻影となったと言われたこの時代に、一方でその過去の遺物を集大成した日本近代文学全集が相次いで出版された」ことの意味を重視している。明治四〇年前後―大正半ばの「文壇」の時代が大衆文化の到来した関東大震災後に制度として区画整理され、さらに戦後の大衆消費社会の到来期に、一気に「近代日本文学」というジャンルに再編成されていった事情がここからもうかがわれるのである。「近代日本文学」が「国民的な文化遺産」として作り出されていったこと、それも直接的には一九六〇年代、七〇年代が契機になっていることが、こうした出版文化的な側面からも浮かび上がってくるわけである。

## 4 「研究」という枠組み

### 卒業論文の功罪

第三の側面として、「研究」の対象として「近代日本文学」がどのように制度化されていくのかという側面を追いかけてみることにしよう。

先に記した一九六〇年代、七〇年代の「文学ブーム」を補強する役割を果たしたのが、大学の「文学部」という制度である。

戦後、新制大学の新設ラッシュがあり、文学部の国文科、日本文学科が大幅に学生数を伸ばしていくことになる。日本文学は通常、五つの時代区分に分類されるが、もっとも学生たちの専攻の多かったのが明治以降の近代文学であり、近代の卒業論文の数が全時代の半数近くを占めるようになるのに並行して、各大学とも、該当する講座、教員の数を大幅に増やしていった。『国文学 解釈と鑑賞』（至文堂、昭和一一〈一九三六〉年～）、『国文学 解釈と教材の研究』（學燈社、昭和三年〜）などの国文学商業ジャーナリズムは毎号のように主要な近代作家を特集として取り上げるようになるのだが、特集の選定の基準は、大学の卒業論文の題材別ランキングであったという。特集には関連する参考文献や、研究上の課題や問題点が要領よく提示され、国立国会図書館は卒業論文執筆の準備に来る大学生で賑わった。先の「文学ブーム」に並行して、「卒業論文」という制度が、「近代日本文学」を形作る上で、決定的な役割を果たした事情が知られるのである。

だがその後、大学進学率の頭打ち、一八歳人口の減少、女性の社会進出に伴う「花嫁修業」需要の低迷、人文学の再編成の機運などさまざまな事情もあいまって、商業ベースとしての「近代文学研究」は急速にその市場を狭めていった。今世紀に入って『国文学　解釈と教材の研究』（〜二〇〇九）と『国文学　解釈と鑑賞』（〜二〇一一）が相次いで廃刊されたのはその象徴的なできごとであったとも言えよう。

だが、大学に求められる社会的要請や商業ベースとしての「研究」と、学問がになうべき課題としてのそれとはもとよりその次元を異にしている。両者が素朴に混同されることがあったならば、むしろそのことの方が問題であろう。「文壇」にせよ「円本」にせよ「卒論」にせよ、過去の歴史的経緯を検証するのは、単にその虚構性を外在的に明らかにすることだけを目的としているわけではない。個々の事象の必然性に目をこらし、なおかつ時代を超えて問われなければならぬ課題を見いだしていく目がわれわれに問われているのである。

冒頭に記したように、「近代」も「日本」も「文学」も、すべてが不定形(アモルフ)な流動を繰り返しており、確実なものは一つもない。その混沌の中で「近代日本文学」は、「文壇」と「文学全集」と「研究」が、相互補完的に一つの世界を構築してきた。その構築のプロセスを、「言葉」と「人間」と「状況」との相互規定的な運動として記述していく複眼が、今、何よりもわれわれに求められているのである。

(『人文知3』熊野純彦、佐藤健二編、東京大学出版会、二〇一四年より)

# あとがき

二五年前、はじめて大学の専任教員として受け持った科目に「近代文学入門」という講座があった。教養科目なので理科系の学生も含め、毎週二〇〇人近くをマイクを片手に相手にしていたのである。近代文学一〇〇年の歴史をトータルにわかりやすく、というこの科目は、正直、駆け出しの若手教員にはなかなか過酷なものがあった。別に近代文学のすべてに通暁していたわけではないので、ある日は樋口一葉、その翌週は国木田独歩、という具合に数年ぶりに全集をひもとき、夢中になって読みふけっているうちに明け方になってしまい、フラフラになりながら講義に臨んでいたのである。どうやら人は、教壇に立つとき、常にもっとも真剣に学ぶものらしい。

七年間そんな経験をしたあと、今度は大学院に重点化した職場に転任し、こうした授業を担当する機会もいつのまにか少なくなってしまった。近代文学を専門に研究する院生たちのテーマはさまざまで、彼らの書く論文から学ぶことは実に多かったのだが、ただ感心ばかりしているわけにもいかないので、いかにも教師づらをして助言をしなければならなくなる機会も訪れることになる。その際に意外に役立ったのが先の講義の体験で、あなたの強調している問題は実はそんなに特殊なことではなく、Aという作家にもあるしBという作家にもあるのではないか、という指摘は、おそらく彼らにとってたいへん居心地の悪いものだったにちがいない。

こうした矢先にお手伝いすることになったのが、放送大学の授業科目、「近代の日本文学」なのだった。大学一、二年生中心の入門的な教養科目としての要請と、大学院で専門的な研究を進めるためにも、近代文学全体に目配りしていかなければならぬ要請と。性格の異なるこの二つの体験を寄り合わせながら二百数十枚のテキストを書くのは、自分にとってたいへん新鮮で楽しい試みだった。その後改訂版で数十枚を書き足し、さらに増補し、全面的に仕立て直したのが本書なのだから、思うに、ささやかな入門書ではあるけれども、実に四半世紀の年月をついやしているわけである。

おそらく大学の授業科目の中でも入門的な意味を持つ「概説」ほどむずかしいものはないのではないだろうか。その分野を一貫して見渡す視点がないと無味乾燥な話に終わってしまうので、本来なら、もっとも専門に通暁したベテラン教員が担当しなければならないのだと思う。今日、大学の教養科目から「近代文学史」に類する講座が急速に姿を消しつつあるようなので、この書の刊行には、何とかそうした風潮に歯止めをかけたい、個人の肉声で語る文学史を直接読者に届けたい、という思いも込められているわけである。

文学史はいわば智慧のいずみのようなもので、どのような作家に取り組んでいても、かならずヒントになるような発想をわれわれにもたらしてくれる。ある一つの表現なり作品は、それ自体、きわめて特殊な、個性的なものであるけれども、表現史の展開の中で考えてみると、やはりそれなりに出るべくして出てきたものなのだ。逆に言えば、だからこそ表現の一回性がより一層魅力的な相貌をもって立ち現れてくることにもなるわけで、こうした可逆関係にこそ、おそらく文学史の尽きることのない魅力が隠されているのだろう。

末筆になったが今回この企画を推し進めて下さった、中央公論新社編集委員、横手拓治氏にあらためて御礼申し上げたいと思う。

二〇一四年十一月

安藤　宏

## 新装版へのあとがき

大学で「近代文学史入門」に類する講義が減ってしまい、また、こうした概説書があらたに刊行される機会も少なくなってしまったことから、五年前に本書を上梓したところ、幸いにして予想以上の支持を得、順調に版を重ねることになった。今回、新装版を刊行することになったのも心強いかぎりである。自国のこの百数十年の「文学」の流れが軽視されることがあってはならぬと思うので、今後も「個人の肉声で語る文学史」として、発信を続けていきたいと思う。新装版の刊行にあたってご尽力頂いた、中央公論新社の郡司典夫氏に心より謝意を表したい。

安藤　宏

二〇二〇年七月

# 参考文献

（本書の初稿執筆時に参考にした文献。＊は新版時に追加）


日本近代文学館編『日本近代文学大事典』全六巻（一九七七〜八年、講談社）。

三好行雄、竹盛天雄、吉田凞生、浅井清編『日本現代文学大事典』全二巻（一九九六年、明治書院）。

市古夏生、菅聡子、浅井清編集協力『日本女性文学大事典』（二〇〇六年、日本図書センター）。

『時代別日本文学史事典』近代編、現代編（一九九四、七年、有精堂書店）。

大屋幸世、神田由美子、松村友視編『スタイルの文学史』（一九九五年、東京堂出版）。

『講座昭和文学史』全五巻（一九七八〜九年、有精堂書店）。

畑有三、山田有策編『日本文芸史－表現の流れ　第五巻　近代Ⅰ』（一九九〇年、河出書房新社）。

浅井清、佐藤勝編『日本現代小説大事典』（二〇〇四年、明治書院）。

年表の会編『近代文学年表』（一九八四年、双文社出版）。

紅野敏郎、三好行雄、竹盛天雄、平岡敏夫編『明治の文学　近代文学史1』（一九七二年、有斐閣）。

紅野敏郎、三好行雄、竹盛天雄、平岡敏夫編『大正の文学　近代文学史2』（一九七二年、有斐閣）。

紅野敏郎、三好行雄、竹盛天雄、平岡敏夫編『昭和の文学　近代文学史3』（一九七二年、有斐閣）。

磯貝英夫編『資料集成日本近代文学史』（一九六八年、右文書院）。

中村光夫『日本の近代小説』（一九五四年、岩波書店）。

中村光夫『日本の現代小説』（一九六八年、岩波書店）。

奥野健男『日本文学史　近代から現代へ』（一九七〇年、中央公論社）。

三好行雄『日本の近代文学』（一九七二年、塙書房）。

平野謙『昭和文学史』（一九五九年、筑摩書房）。

本多秋五『「白樺」派の文学』（一九五四年、講談社）。

中村光夫『風俗小説論』（一九五〇年、河出書房）。

本多秋五『物語戦後文学史』（一九六六年、新潮社）。

亀井秀雄『感性の変革』（一九八三年、講談社）。

小森陽一『構造としての語り』（一九八八年、新曜社）。

『三好行雄著作集』全七巻（一九九三年、筑摩書房）。

藤森清『語りの近代』（一九九六年、有精堂出版）。

安藤宏『自意識の昭和文学　現象としての「私」』（一九九四年、至文堂）。

鈴木貞美『大正生命主義と現代』（一九九五年、河出書房新社）。

鈴木貞美『日本の文学概念』（一九九八年、作品社）
長島弘明編『国語国文学研究の成立』（二〇一一年、放送大学教育振興会）＊
安藤宏『近代小説の表現機構』（二〇一二年、岩波書店）＊

## 西暦和暦対照表

| 1868年 | 明治元年 |
|---|---|
| 1869年 | 明治2年 |
| 1870年 | 明治3年 |
| 1871年 | 明治4年 |
| 1872年 | 明治5年 |
| 1873年 | 明治6年 |
| 1874年 | 明治7年 |
| 1875年 | 明治8年 |
| 1876年 | 明治9年 |
| 1877年 | 明治10年 |
| 1878年 | 明治11年 |
| 1879年 | 明治12年 |
| 1880年 | 明治13年 |
| 1881年 | 明治14年 |
| 1882年 | 明治15年 |
| 1883年 | 明治16年 |
| 1884年 | 明治17年 |
| 1885年 | 明治18年 |
| 1886年 | 明治19年 |
| 1887年 | 明治20年 |
| 1888年 | 明治21年 |
| 1889年 | 明治22年 |
| 1890年 | 明治23年 |
| 1891年 | 明治24年 |
| 1892年 | 明治25年 |
| 1893年 | 明治26年 |
| 1894年 | 明治27年 |
| 1895年 | 明治28年 |
| 1896年 | 明治29年 |
| 1897年 | 明治30年 |
| 1898年 | 明治31年 |
| 1899年 | 明治32年 |
| 1900年 | 明治33年 |
| 1901年 | 明治34年 |
| 1902年 | 明治35年 |
| 1903年 | 明治36年 |
| 1904年 | 明治37年 |
| 1905年 | 明治38年 |
| 1906年 | 明治39年 |

| 1907年 | 明治40年 |
|---|---|
| 1908年 | 明治41年 |
| 1909年 | 明治42年 |
| 1910年 | 明治43年 |
| 1911年 | 明治44年 |
| 1912年 | 明治45年 |
| | 大正元年 |
| 1913年 | 大正2年 |
| 1914年 | 大正3年 |
| 1915年 | 大正4年 |
| 1916年 | 大正5年 |
| 1917年 | 大正6年 |
| 1918年 | 大正7年 |
| 1919年 | 大正8年 |
| 1920年 | 大正9年 |
| 1921年 | 大正10年 |
| 1922年 | 大正11年 |
| 1923年 | 大正12年 |
| 1924年 | 大正13年 |
| 1925年 | 大正14年 |
| 1926年 | 大正15年 |
| | 昭和元年 |
| 1927年 | 昭和2年 |
| 1928年 | 昭和3年 |
| 1929年 | 昭和4年 |
| 1930年 | 昭和5年 |
| 1931年 | 昭和6年 |
| 1932年 | 昭和7年 |
| 1933年 | 昭和8年 |
| 1934年 | 昭和9年 |
| 1935年 | 昭和10年 |
| 1936年 | 昭和11年 |
| 1937年 | 昭和12年 |
| 1938年 | 昭和13年 |
| 1939年 | 昭和14年 |
| 1940年 | 昭和15年 |
| 1941年 | 昭和16年 |
| 1942年 | 昭和17年 |
| 1943年 | 昭和18年 |

| 1944年 | 昭和19年 |
|---|---|
| 1945年 | 昭和20年 |
| 1946年 | 昭和21年 |
| 1947年 | 昭和22年 |
| 1948年 | 昭和23年 |
| 1949年 | 昭和24年 |
| 1950年 | 昭和25年 |
| 1951年 | 昭和26年 |
| 1952年 | 昭和27年 |
| 1953年 | 昭和28年 |
| 1954年 | 昭和29年 |
| 1955年 | 昭和30年 |
| 1956年 | 昭和31年 |
| 1957年 | 昭和32年 |
| 1958年 | 昭和33年 |
| 1959年 | 昭和34年 |
| 1960年 | 昭和35年 |
| 1961年 | 昭和36年 |
| 1962年 | 昭和37年 |
| 1963年 | 昭和38年 |
| 1964年 | 昭和39年 |
| 1965年 | 昭和40年 |
| 1966年 | 昭和41年 |
| 1967年 | 昭和42年 |
| 1968年 | 昭和43年 |
| 1969年 | 昭和44年 |
| 1970年 | 昭和45年 |
| 1971年 | 昭和46年 |
| 1972年 | 昭和47年 |
| 1973年 | 昭和48年 |
| 1974年 | 昭和49年 |
| 1975年 | 昭和50年 |
| 1976年 | 昭和51年 |
| 1977年 | 昭和52年 |
| 1978年 | 昭和53年 |
| 1979年 | 昭和54年 |
| 1980年 | 昭和55年 |

横溝正史 138, 191
横光利一 123〜125, 128, 146, 160, 169, 205, 206
横山源之助 55
与謝野晶子 89
与謝野鉄幹 89
吉川英治 192
吉村冬彦（寺田寅彦） 77
吉屋信子 139, 156
吉行エイスケ 123, 129
吉行淳之介 185, 186
淀野隆三 123

## ら・わ行

リットン卿 22, 23
リービ・英雄 221
龍胆寺雄 129
和田伝 151

ベリンスキー 32, 33
ベルグソン 127, 135
星新一 198
星野天知 50
星野夕影 50
堀田善衞 178, 182
堀辰雄 123, 132, 145, 146, 173
本多秋五 165

## ま 行

牧野信一 133, 134
正岡子規 76, 78, 226
正宗白鳥 74, 75, 194
松井須磨子 106
真継伸彦 199
松原岩五郎 55
松本清張 191, 192, 207
間宮茂輔 152
真山青果 76
丸岡九華 42
丸谷才一 197
三浦朱門 197
三島由紀夫 58, 183, 184, 206
三田誠弘 212
水上勉 192, 193
水上滝太郎 94
三宅雪嶺 49, 224
宮崎湖処子 59
宮崎夢柳 25
宮島資夫 116
宮地嘉六 116
宮本百合子 160, 165, 166, 196
三好達治 123, 162
向田邦子 207
武者小路実篤 95, 96, 116, 227
村上春樹 212～214
村上龍 212
村山知義 124, 149
室生犀星 78, 123, 194
森鷗外 23, 39～42, 50, 58, 63, 84～86, 89, 92, 96, 105, 191, 202, 225, 228, 231
森茉莉 202
森田思軒 25
森田草平 83, 107

## や 行

安岡章太郎 185
保田與重郎 154, 162
柳田国男 227
矢野龍渓 26, 28
山県有朋 86
山川方夫 197
山田美妙 33, 42, 45, 46, 59, 225
山本周五郎 193
山本有三 102, 205
ユゴー 25
夢野久作 138

165, 166, 189
中村真一郎 173, 174
中村正常 129
中村光夫 172, 195
中本たか子 152
長與善郎 96
夏目漱石 58, 63, 77～87, 92, 96, 102, 105, 107, 139, 226, 227, 228
鍋山貞親 149
成島柳北 19
西周 15
新渡戸稲造 100, 101
丹羽純一郎 22
丹羽文雄 156, 172, 192
野上弥生子 107
乃木希典 83, 86
野坂昭如 196
野間清治 140
野間宏 176, 207
野村胡堂 192

## は 行

ハイゼンベルグ 127
萩原恭次郎 125
萩原朔太郎 162
花田清輝 207
埴谷雄高 165, 174, 175, 207
馬場孤蝶 50
林京子 196
林房雄 118, 162
林芙美子 156, 157
葉山嘉樹 117～119, 121
原民喜 180
原田康子 208
樋口一葉 51～54, 217
久生十蘭 138
火野葦平 158
日比野士朗 157
平田禿木 50
平塚らいてう（明子） 106, 107
平野謙 87, 165, 189, 195
平林たい子 117
広津和郎 108, 109, 111, 140, 154, 195
広津柳浪 42, 55, 231
深沢七郎 208
福沢諭吉 15～17, 221, 223
福田正夫 116
福永武彦 173, 174
富士正晴 195
藤枝静男 195
藤沢桓夫 123
二葉亭四迷 32～37, 39, 42, 44, 46, 50, 59, 84
舟橋聖一 123, 172, 192
古井由吉 200, 201
プルースト 145, 162, 173
ブレイク, ウキリアム 133
フロイト 127, 135
フローベール 69

高橋たか子 202
高畠藍泉（三世柳亭種彦） 20
高浜虚子 76, 77, 226
高見順 110, 147, 148, 154, 156, 158, 164
高山樗牛 226
滝沢馬琴 17, 21, 27, 103
田鎖綱紀 61
竹内好 168
武田泰淳 181, 182
武田麟太郎 154, 169
太宰治 110, 146, 147, 170, 171
谷崎潤一郎 92〜94, 102, 114, 135, 138, 142, 143, 161, 164, 165, 194, 205, 206
谷崎精二 108
田村泰次郎 167, 172
田村俊子 107
田山花袋 42, 59, 66, 70, 71, 73〜75, 226, 227
多和田葉子 220, 221
檀一雄 170
近松秋江 76
近松門左衛門 18, 19
千葉亀雄 123
張赫宙（チャンヒョクチュ） 210
辻邦生 197
津島佑子 203
筒井康隆 198
坪内逍遙 14, 21, 29〜33, 42, 50, 220, 225, 231
津村節子 202
テーヌ 68, 69
勅使河原宏 207
デュマ 24, 25
寺田寅彦（吉村冬彦） 77
東海散士 27
戸川秋骨 50
徳川夢声 205
徳田秋声 42, 55, 74, 142, 143, 225, 226
徳富蘇峰 49, 224, 231
徳冨蘆花 55, 59, 139
徳永直 165
富岡多恵子 202
豊島與志雄 102

## な 行

永井荷風 68, 69, 89, 90〜93, 142, 143, 148, 164, 194, 227
永井龍男 123, 195
中上健次 208〜210
中里介山 137
中沢けい 204
中島敦 162
長田秀雄 89
中谷孝雄 162
長塚節 79
中野重治 118, 122, 123, 149, 160,

幸田露伴 46〜48, 58, 225
幸徳秋水 86
河野多恵子 202
小島信夫 185
小杉天外 68, 69
後藤明生 200, 201
小林多喜二 120, 121, 149
小林秀雄 97, 123, 146
小牧近江 116
五味康祐 192

## さ 行

斎藤茂吉 197
斎藤緑雨 231
三枝和子 202
堺利彦 116
坂上弘 200, 201
坂口安吾 134, 135, 167, 170
佐々城信子 101
佐多稲子 53, 165, 196
佐藤春夫 94, 109, 111, 142, 156, 162
里見弴 100
佐野学 149
三遊亭円朝 39, 61, 137
ジイド, アンドレ 146, 147
椎名麟三 165, 176, 177, 207
志賀重昂 49, 224, 227
志賀直哉 95〜100, 113, 114, 127, 142, 164, 194
司馬遼太郎 192, 207
柴田翔 199
柴田錬三郎 192
十返舎一九 17
島尾敏雄 178, 180, 211
島木健作 149, 150, 169
島崎藤村 50, 51, 61, 63〜65, 71〜75, 142
島村抱月 75, 226
ジョイス 127
庄司薫 212
庄野潤三 185
白井喬二 137
白川渥 161
白鳥省吾 116
神保光太郎 162
末広鉄腸 28
杉浦重剛 49, 224
鈴木三重吉 77
瀬戸内晴美（寂聴） 202
芹沢光治良 196
相馬御風 70, 226
曾野綾子 201
ゾラ, エミール 68, 69

## た 行

高井有一 200
高橋和巳 199
高橋新吉 125

大西巨人 196
大庭みな子 202
岡本かの子 107, 203
岡本起泉 20
岡本太郎 207
小川国夫 186, 200
小栗風葉 55, 67, 225
尾崎一雄 123, 195
尾崎紅葉 39, 42〜48, 55, 67, 139, 225
小山内薫 102
織田作之助 170
小田嶽夫 123
小田実 198

## か 行

開高健 186
加賀乙彦 197
葛西善蔵 108, 113
梶井基次郎 123, 132
片岡鉄兵 206
片上天弦（伸） 70
加藤周一 173
加藤弘之 15
金井美恵子 204
仮名垣魯文 17, 20, 223
金子洋文 116
神近市子 107
亀井勝一郎 162
河上徹太郎 162
川上眉山 42, 55, 231
川島忠之助 22
川端康成 58, 123, 125〜128, 134, 144, 145, 164, 169, 189, 194, 206
上林暁 195
菊池寛 102, 139, 156, 227
岸田國士 156
北杜夫 197, 198
北川冬彦 123
北原白秋 89
北村透谷 50, 72, 224, 225
木下尚江 55
木下杢太郎 89, 227
衣笠貞之助 206
金史良（キムサリヤン） 161, 210
金石範（キムソクボン） 210
金達寿（キムタルス） 210
金東仁（キムドンイン） 210
国木田独歩 58〜61, 101, 227
久野豊彦 123, 129
窪川鶴次郎 123
久保田万太郎 94
久米正雄 102, 139, 156, 227
倉田百三 105
倉橋由美子 200
蔵原惟人 117, 120
黒井千次 200, 201
黒島伝治 117
源氏鶏太 192
幸田文 195

# 索引


## あ行

アインシュタイン 127
青野季吉 116
阿川弘之 185
芥川龍之介 95, 102〜104, 112, 114, 115, 123, 132, 135, 138, 139, 141, 145, 173, 197, 227, 230
浅原六朗 129
阿部昭 200, 201
安部公房 178, 182, 207
阿部次郎 105
阿部知二 123, 154
網野菊 195
荒正人 165, 167 , 173, 189
有島生馬 100
有島武郎 100, 101, 112, 116, 120
有吉佐和子 202
李光洙（イクアンス） 210
李恢成（イフェソン） 210
李良枝（イヤンジ） 210
池田満寿夫 207
石井柏亭 226
石川淳 147, 154, 160, 170
石川達三 147, 160
石坂洋次郎 173, 192
石橋思案 42, 225
石原慎太郎 190
泉鏡花 42, 55〜58, 225
伊藤永之介 151〜153
伊藤左千夫 78, 79
伊東静雄 162
伊藤整 128, 159, 160, 170, 194, 195
伊藤野枝 107
稲垣足穂 130, 135, 198,
井上勤 22, 24
井上光晴 208
井上靖 192
井伏鱒二 131
イプセン 106, 107
今野賢三 116
岩野泡鳴 73, 74, 76, 77, 226
巖本善治 49, 224, 225
巖谷小波 42
上田広 157
上田敏 50, 89
ヴェルヌ, ジュール 22, 23
内田魯庵 55
宇野浩二 110, 111, 142, 164
宇野千代 196
梅崎春生 165, 178
江戸川乱歩 138
江見水陰 42, 55
円地文子 195
遠藤周作 185
大江健三郎 186〜189
大岡昇平 179, 196
大城立裕 211
大杉栄 106
大田洋子 180

本書の編集にさいしては著者所蔵の書籍等のほか、国立国会図書館所蔵資料、日本近代文学館の復刻本を参照し、図版中にはこれらの版面を用いたものがある。写真は表記したものを除き、中央公論新社所蔵のほか各種全集等から用いた。

（編集部）

安藤 宏

1958年東京に生まれる。82年に東京大学を卒業し、85年、同大学院人文科学研究科博士課程に進学。その後東京大学文学部助手、上智大学文学部講師、助教授を経て、現在、東京大学大学院人文社会系研究科教授。博士（文学）。著書に『自意識の昭和文学――現象としての「私」』（至文堂）、『太宰治 弱さを演じるということ』（ちくま新書）、『近代小説の表現機構』（岩波書店）、『「私」をつくる 近代小説の試み』（岩波新書）、『太宰治論』（東京大学出版会）などがある。

日本近代小説史（にほんきんだいしょうせつし） 新装版（しんそうばん）

〈中公選書 110〉

著者 安藤（あんどう） 宏（ひろし）

2020年 8 月25日 初版発行
2023年10月20日 6 版発行

発行者 安 部 順 一

発行所 中央公論新社

〒100-8152 東京都千代田区大手町 1-7-1
電話 03-5299-1730（販売）
03-5299-1740（編集）
URL https://www.chuko.co.jp/

ＤＴＰ 今井明子

印刷・製本 大日本印刷


Published by CHUOKORON-SHINSHA, INC.
Printed in Japan ISBN978-4-12-110110-5 C1391
定価はカバーに表示してあります。

落丁本・乱丁本はお手数ですが小社販売部宛にお送り下さい。
送料小社負担にてお取り替えいたします。

中公選書　新装刊

101
# ポストモダンの「近代」
——米中「新冷戦」を読み解く

田中明彦著

権力移行は平和的に進むのか。気候変動、貧困問題に世界は対応できるのか。「新しい中世」の提唱から二〇年余、最新の知見と深い洞察が導く国際政治の現在と未来像を提示する。

102
# 建国神話の社会史
——史実と虚偽の境界

古川隆久著

天照大神の孫が地上に降りて日本を統治し始めた——。『古事記』『日本書紀』の記述が「歴史的事実」とされた時、普通の人々は科学や民主主義との矛盾をどう乗り越えようとしたのか。

103
# 新版　戦時下の経済学者
——経済学と総力戦

牧野邦昭著

二つの世界大戦という総力戦の時代、経済学者たちの主張や行動はどのような役割を果たし、戦後体制へどんな影響を与えたか。第32回石橋湛山賞受賞作に最新の研究成果を加筆。

中公選書　新装刊

104
## 天皇退位　何が論じられたのか
――おことばから大嘗祭まで

御厨　貴編著

二〇一六年七月のNHKスクープと翌月の天皇ビデオメッセージから三年。平成の天皇は退位し、上皇となった。この間に何が論じられたのか。残された課題は皇位継承だけではない。

105
## 〈嘘〉の政治史
――生真面目な社会の不真面目な政治

五百旗頭　薫著

政治に嘘がつきものなのはなぜか。絶対の権力というものがあるとすれば、嘘はいらない。世界中に嘘が横行する今、近現代日本の経験は嘘を減らし、嘘を生き延びるための教訓となる。

106
## 神道の中世
――伊勢神宮・吉田神道・中世日本紀

伊藤　聡著

神道は神仏習合や密教、禅や老荘思想など、さまざまな信仰や文化を取り込んで自らを形作ってきた。豊穣な中世文化を担った、知られざる神道の姿を最新の研究から描き出す。

中公選書　新装刊

107 平成の経済政策はどう決められたか
――アベノミクスの源流をさぐる

土居丈朗著

21世紀最初の二〇年間の日本の経済政策は、財政健全化とデフレ脱却を追求し続けてきたといえる。経済政策の立案に加わった五人の経済学者との対話を通じて今後の課題をあぶり出す。

108 漢字の構造
――古代中国の社会と文化

落合淳思著

漢字の成り立ちと字形の変化の歴史には、古代中国の生活や風習、祭祀儀礼や社会制度などが反映されている。社会と文化の記憶を解き明かす、新しい方法論に基づいた字源研究の成果。

109 クレメント・アトリー
――チャーチルを破った男

河合秀和著

第二次大戦の勝利の立役者であるチャーチルを抑え、総選挙で圧勝したのはアトリー率いる労働党だった。現在の英国社会の基礎を築くと同時に、帝国を解体したアトリーの本格的評伝。